# 死ねない理由

ヒオカ
HIOKA

中央公論新社

# はじめに

## 私の存在は、社会から見えなくなっている

私は透明人間のようだ、と思うことがある。

私の存在は、私の属性は、社会から見えなくなっているのだと。

数年前、そう感じる出来事があった。

２０２０年４月に発表された初めてのコロナ対策の給付金の対象は非課税世帯だった。

非課税世帯の基準は、自治体により差があるため、統一された基準が示された。それによると年収が単身で１００万円、扶養家族が１人で１５６万円、２人で２０５万円、３人で２５５万円以下の人が対象である。

その際、ネット上で散見されたのは、猛烈な低所得者バッシングだ。

「納税者に還元されないのはおかしい」

「働いた人が損をする」

といったものが多かった。中には、

「普通に働いていれば非課税世帯にはならない」

「非課税世帯なんて存在するのか」

といったものもあり、低所得者層への偏見や無理解が露呈したかたちだ。

結果的には非課税世帯対象という条件は撤回され、条件を設けずに一律に10万円を給付するかたちで落ち着いた。

この一連の出来事を見ながら、非課税世帯は、「存在しないに等しい」と思われているということを知った（実際は非課税世帯は2200万人いるとされている）。

たしかに、ワーキングプアといわれる低所得者層は非課税世帯ではなく、単身世帯だと年収100万円を超えると給付の対象外になる。給付の対象を非課税に絞ることで分断を煽るという批判は至極まっとうなものだと思う。

「普通に」働いていれば非課税世帯にはならない、という意見も、「普通に」フルタイムで働けて、定職に就ける人からすれば、自然な感覚なのかもしれない。

付き合う人の階層やバックグラウンドは固定化するものだ。

世の中の縮小体だと思っていた自分の周辺は、実は細分化されたごく一部の世界の縮小体に過ぎなかったりする。

比較というのはたいていその狭い世界の中でするもので、あまりにかけ離れた生活をする人たちは視界にすら入っていない、ということもある。

それを痛いほど感じるようになったのは、上京してからのことだ。しかし、振り返れば幼いころから、この分断の片鱗に触れていたように思う。

子どものころから上京して働くまでのことは、前著『死にそうだけど生きてます』に書いたが、自己紹介代わりに、少しだけ、幼少期を振り返ってみようと思う。

私が生まれ育ったのは、中国地方にある片田舎の小さな農村だ。関西の大学に進むと同時に離れたが、それまで18年間住んでいた。

市街地から車を30分ほど走らせると、両脇を田んぼだけが流れる地域に入る。道の延長線上には、まるで水墨画のような、ゴツゴツとした荘厳な山々がそびえ立っている。

土地の良さが分かるのは、外の世界を知るなど比較対象があるからで、旅行をしたこともなく、そこしか知らなかった私には、地元は「檻《おり》」のようにしか感じられなかった。際限のない貧しさと、絶え間のない暴力を閉じ込める檻だ。

## 県営住宅の子どもたち

ぽつぽつある民家以外にあるのは、手つかずの自然だけ。

一面に広がるのは山、川、田んぼ。

自然豊かと言えば聞こえはいいが、山にうち捨てられた錆だらけの車や、土手の向こうの林の先にうっすらと見え、別の日に通ると忽然と姿を消す鳥居など、ドラマ『TRICK』に出てくる限界集落のような不気味さがある。

そしてあらゆる噂が筒抜けで、すぐに村中を駆けめぐる。

加えて、この村を包む独特で排他的な雰囲気が、私は苦手だった。

私の家がある県営住宅の団地には、低所得者層が集まっていた。ちなみに県営住宅には所得制限があり、収入に応じて家賃も変動する。

隣の家の人は50代くらいの元ヤクザで、上半身裸で庭にいる姿を頻繁に見かけたが、背中から腕にかけてびっしり模様が入っている。

生まれて初めて目にする入れ墨は、異様な威圧感があった。

顔には火傷《やけど》のような跡、腕は途中から皮膚の色が違った。

外で出会うと愛想良くあいさつしてくれる優しいおじさんだが、たまに聞こえてくる怒号は、普通の人が怒った時に出す声とは明らかに凄みが違った。

坂をあがった上の団地には、シングルマザーの家庭が2世帯。どちらも3人きょうだいで、私と同じ学年の子がいた。両家庭とも極貧で、学校から防寒着や長靴をもらっていた。ぺちゃんこにつぶれ、全体が真っ白にはげたランドセルを使っており、学校ではとても浮いていた。

私の家庭を含めた県営住宅の子どもたちは状況がとてもよく似ていた。

村には昔からこの地域に住む人しかいなかったが、私たちが住む県営住宅は村で唯一の賃貸物件で、転居してきた人ばかりなのだ。私の家族も、村の外から引っ越してきた。地域の集まりでは、県営住宅の住人には明らかに冷たい、蔑むような視線が向けられた。幼心に、大人が発する露骨な空気を感じ取っていた。同じ村でも、この県営住宅と他の家との間には、見えない線が引かれていた。

## 心に寂しい風が吹いた

私の家族は極度の貧困状態にあった。父は精神障害があり定職に就けなかったのだ。アルバイトを転々としており、私が高校生になってからは障害者の作業所でも働いていた。そしてある時、はたと無職になる。

物心ついた時から父は日常的に母に暴力を振るい、それは日に日に悪化の一途をたどった。

母の脚は殴られ、紫の斑点の隙間がなくなって、もはや紫一色になった。

理由もなく突然人が変わったように激昂する父に、怯えながら暮らす日々だった。

周囲との違いは、生活の折々で明らかになる。

お小遣いやお菓子をもらえなかったり、習い事をさせてもらえなかったり。

周囲はこどもちゃれんじや進研ゼミを始めたり、ピアノ教室やミニバス、バレーや野球の少年団に入ったりする。好奇心旺盛な私は、母にあれをやりたい、これをやりたい、と懇願するのだが、その度に母は悲しい顔をする。

次のピアノの発表会で着るという、普段はちょっと着るのに勇気がいるようなひらひらのドット柄のスカート、リボンの付いたカーディガンの衣装を見せてくる友達。音楽会でピアノを上手に弾く友達。スイミングスクールのバスがお迎えに来る友達。それを見る度に、心に寂しい風が吹いた。

私は運動も勉強も大好きだった。

だから、自分以外の同級生が塾や通信教育で授業より先のことを習うのが置いて行かれるようでこわかったし、放課後着替えてスポーツに打ち込む友達が強烈に眩《まぶ》しかった。

この原稿を書きながら、あの悔しさが生々しく蘇ってくる。

## 暇つぶしで編み出した「広告で実況ごっこ」

放課後や休日は、恐ろしく暇だった。

家には本もゲームもおやつも何もない。

おまけに家には父がいる。母はパートに出ており、小学校から帰ると父と2人っきりになってしまう。

安心して帰れる家が私にはなかった（コロナ禍でＳＴＡＹ　ＨＯＭＥが叫ばれたり、教育のオンライン化が進むなか、自分と同じ境遇にある子たちのことを憂いたりする)。だから、よく友達の家に行った。友達の家といっても、過疎地の広大な校区なので、10キロ近く離れている。

友達の家には、あらゆるものがあった。漫画に図鑑にＷｉｉにＤＳ。お菓子にジュース。どの家にも必ず、着物かドレスアップした家族写真もある。

友達の家に行けない時の暇つぶしで編み出したのが、「広告で実況ごっこ」だった。父が新聞配達をしている時期があり、その時は新聞と広告チラシが家にあった。チラシを抜き出して、「えー今週のおすすめは、こちらぁっ!!」と、通販番組ふうにひとりで解説していた。

今思えばシュールでわびしいが、本当にやることがなかったのだ。

また、季節の行事にも縁がなかった。みんながサンタを信じているかという話をしているのを聞いて、どうやらみんなはクリスマスプレゼントをもらっているらしいということを知った。

年明けの登校日、みんながもらったお年玉の額を発表しあっていて、お年玉がもらえる世界線に心底驚いたものだ。というのも、親戚との繋がり、といえるものが私にはなかったのだ。

## 貧困の連鎖

父方の祖父は、父が小学生の時亡くなり、祖母がシングルマザーで4人の子どもを育て上げた。父以外のきょうだいはみな中卒で、全国に散らばり非正規雇用に従事していると聞く。

父は学年で2、3人しかいない、「つぎはぎの服を着た子ども」だったという。

貧困の連鎖とは恐ろしいものだ。

母方の実家は九州の離島にある。母方の祖父は母が中学生の時に脳梗塞で倒れ、それが原因で母もまた貧困生活を余儀なくされたという。

私が生まれた直後に、父方の祖母と母方の祖父が亡くなったため、私にはおじいちゃんおばあちゃんの記憶がまったくないのである。

叔母が癌で亡くなった、一型糖尿病を患っていたいとこが、11年間の植物状態を終え亡くなった、そういう訃報で、親戚がいたらしいということを知るのだった。

唯一1、2度会った記憶が薄《う》っすらあった母方の祖母が亡くなった時も、離島まで行く交通費がなく、葬式には行けなかった。

日々の生活で、空腹との戦いも、常に悩みの種だった。

学校からの帰り道では、いつも花の蜜を吸った。つつじはもちろん、名前は分からない赤い花を摘んで、根元を吸うと、甘みが口の中に広がった。猫じゃらしの茎を噛むと、麦茶の味がした。他にもふきやつくしなどは煮付けやお吸い物になる。

秋は、空腹を満たしてくれる食材が豊富だった。シイの実が道にたくさんおちていて、よくフライパンで煎って食べると、淡泊ながらも香ばしく味わいがある。

裏山には栗やアケビがなっており、おやつの定番だった。アケビは形は茄子のようだが、中に白くみずみずしい果肉がつまっており、素朴な甘みがあった。

給食は最高のご馳走だった。好き嫌いする友達が信じられなかった。こんなにおいしくて豪華なものはない。あまりものの争奪じゃんけんには男子に交ざって必ず名乗りをあげ、絶対におかわりをした。

5つ上の姉の同級生に「嫌いなものを食べて」と呼ばれ、残飯処理班として出動することも多かった。食欲旺盛な子、くらいに思われていただろうが、私からすれば必死に栄養を確保する機会なのだから利害は一致していたのだ。それでも身体は痩せ細っていて、担任にもう少し太りなさいと言われた。

父の失業中は、本当にお金がなかった。

食べるものもなく、家にずっといてしょぼくれている父を、私が家中の小銭を集めて、駄菓子を買いに連れていったことを、今でも覚えている。

加えて父は、しょっちゅう入院した。

もともと胃腸が弱いのだが、嘔吐しだすと大体そのまま腸閉塞で入院する。年末年始は毎年のように腸閉塞になるので、もはや風物詩と化していた。

しかし、医者が止めても、「働かないと！」と言って、嘔吐がやっと治まってふらふらの身体で無理やり退院して働きに出るのだ。

そしてまたある時は自家用車で単独事故を起こし、血だらけで意識を失っているところを偶然通りかかった通行人が見つけ、九死に一生を得た。

運転が荒いせいか、何度事故を起こしたか分からない。ちなみに本人はなぜか「わし、いままで手術8回もしたんよ！」と自慢している。

中古で5万円くらいの車を譲ってもらっていたようだ。

母も姉も、そんな父を見ながら、どこか諦めていたように思う。

私も、生まれた時から極貧、トラブルの絶えない人生を、無意識に受容していたように思う。受容、といっても、困難が大きいからと耐性が付いたり、感受性が鈍くなったりするかというと、そんなことはない。毎回痛い。ちゃんと痛い。

何よりも父の日常的な暴力を見るのは耐えがたい苦痛で、毎日父が母に何もしないよう、必死に祈っていた。

## ヒーローが救ってくれるという妄想

次は何が起きるんだろう。

またガス代が払えないと父が母に激昂している。

明日という日を越せるだろうか。

そんな、明日の見えない不安、胸がつぶれるような痛み、焦燥感、恐怖感に、いつも心は支配されていた。

逃げようにも逃げられない。逃げる手段も、お金もない。だって、ここは檻なのだから。

ドラマや映画なら、窮地の時、ヒーローが現れる。私の好きなドラマ『Nのために』では、毒親に翻弄される主人公に、成瀬くんというヒーローが現れる。互いの身に起きる、他の人には言えない困難を共有し、つらい時も励ましあいながら乗り越えていくのだ。悲劇の連続でも、そんな存在がいればエモい物語になる。

頭の中で、母を殴ろうと振り上げた父のこぶしを、後ろからパシっと掴んで止めてくれる人が現れないか、妄想してみたこともある。

ところがどっこい、夜は街灯もなく真っ暗で、人っ子ひとりいないようなガチの過疎地。ヒーローも出没対象外地域である。

父が駐車場で車を出そうとする母の胸倉を掴み、車体ごと大きく揺らすようなこともあったが、周囲は見て見ぬふりをするのだった。

よく生活保護をなぜ受けなかったのかと聞かれるが、正直子どもだった私には分からない。

大人になってからさりげなく母に聞くと、どうやら田舎で生活するにおいて必要不可欠な車が差し押さえられるのではないかといった不安などがあったらしい（生活保護受給者は基本的には車の所有は認められないが、必要不可欠な場合は認められることもある）。もちろん、それ以外にも、きっといろいろな要素があったのだろうが、その全容は見えないままだ。


ここから私は大学へ進学、上京して就職し、ひとり暮らしをはじめ、ライターの職に就き――28年を生きてきた。この本では、「私から見える世界」を、記していければと思う。

# CONTENTS

# I

# お金のこと

# II

## 心と身体

# IV

# 未来へ

# 死ねない理由

# I

# お金のこと

# 奨学金は人生に重くのしかかる。

## 大学入学で「格差」を体感

大学生になって、初めて親の年収を知る機会があった。奨学金などの申請の際、親の所得を証明する書類が必要になるからだ。

父親の年収は100万円ちょっとだった。

その数字を見た時、正直、感想が出てこなかった。18歳の私は、2人子どもがいる世帯の平均年収がいくらなのか知らなかったのだ。

でもさすがにその年収が低いほうであろうということは、ぼんやりとだが分かった。

その後、社会について徐々に知って行く中で、それが相当衝撃的な数字であることを、やっと悟っていくのだった。

実を言うと、高校を卒業するまで、自分の家庭がいわゆる「貧困家庭」なのだと、自覚がなかった。もちろん周囲との違いを数え上げればキリはなかったし、裕福なほうではないんだろうな程度の自認はあったが、ど田舎の小さなコミュニティの中で比較することはあっても、社会全体で比較することはなかったからだ。

全国から学生が集まってくる大学への入学は、「格差」を体感するようになる入り口だった。

大学進学率は飛躍的に上昇しているいまでも、全体では5割ほど。つまり、「大学生」になった時点で、全体の半分の層に含まれるのである。

国公立大学には苦学生が少なくないというイメージがあるかもしれないが、私が大学生だったころ、絵に描いたようなガチの苦学生は周りにはおらず、多くは中流以上の家庭の子たちだった。

入学早々、何気ない会話から、バックグラウンドの違いを感じることばかりだった。関西だからか、みな関関同立のいずれかを滑り止めで受けていて、「就職に有利だから」国公立を選んだという。お金がないから国公立一本、という自分のような人間はレアキャラだった。

## 大学の授業料は値上がりし続けている

高校の進路指導の先生が、集会で「お前たちはもう大幅な遅れをとっている」と言っていたが、その意味が分かったのもこのころだ。中国地方の片田舎と違って、関西では（地域にもよるが）私立中学へのお受験なるものがあると初めて知ったのだ。

進学校と言えば当たり前に公立で、受験は高校だけ。それが普通だと思って生きてきたが、世間には小学生や中学生から、すでに大学受験を目指して準備をはじめている人がいる。さらに大学を選ぶ基準も就職だというのだから、すべて逆算したうえで選択を重ねていくのだ。

低所得者層にとって進学のハードルはとても高い。授業料は所得や物価の上昇とはかけ離れて値上がりし続けている。

授業料は昭和50年に国立大学で平均年額3万6000円、私立大学で18万2677円だったのに対し、平成16年では国立52万800円、私立で81万7952円だ。

たとえ国公立であっても、4年間で200万円をゆうに超える授業料がかかるということになる。

国公立の場合、授業料免除の制度は充実しているとはいえ、少なくとも入学金と1年生の前期の授業料は全員が納めなければならない。

さらに、日本学生支援機構の調査（2020年11月実施）によれば、地方から都会に出てひとり暮らしをした場合、家賃や食費その他もろもろをあわせた生活費は1年間で110万円程かかると言われている。

教科書は半期ごとに新たに買いそろえなければならず、PCや電子辞書、スーツ（入学式や就活用）なども必要だ。

私はというと、PCは3回生まで買えず、放課後大学のPCルームに通った。それでも課題が間に合わなければ、休日もPCルームに行くためだけに片道1時間近くかけて大学に行く生活を送った。

電子辞書は買えないので、版が古い「紙の辞書」を中古で買い、授業に参加した。先生にあてられた時、ひとりだけ単語を調べるのが遅くて目立ち、先生が「紙の辞書って、いいよね」とフォローしてくれて、ありがたかったが気まずかった。

そして授業で知り合った上級生の方が、使い終わったまだきれいな教科書を紙袋に大量に詰めて譲ってくれたのだった。「使わなかったらメルカリで売りな」というメッセージを添えて。

半期しか使わない教科書でも1冊4000円するものもあり、学期ごとに買うのは痛いので、この先輩はまさに救世主だった。

中学まで一緒だった低所得者層の子どもたちは、大学を目指すことすらなかった。様々な費用を工面できないことが分かりきっているからだ。

しかし、高卒と大卒では生涯賃金が5000万円以上違うと言われている。教育費の高騰は、貧富の再生産を加速させている気がしてならない。

## 学ぶという夢を原動力に

私は、よくもわるくも、現実を知らな過ぎたのだ。

もし、もっとはやく我が家が超ウルトラ級の貧困家庭だと気付いてしまっていたら、もしかしたら大学進学を諦めてしまっていたかもしれない。

時に夢見る力は、現実を超越することがある。いいか悪いかは別として、私は大学で学ぶという夢を原動力に、気が付いたら現実を突き破っていたのかもしれない。

学びたいと思っても、生まれた家庭の状況が選択に大きく影響を及ぼすのが現実だ。学びたい意欲さえあれば、誰でも進学できる自由があってほしいと願う。

私は大学に行って本当によかったと心から思う。高校までの、決められたカリキュラムの中での基礎学力を養うための勉強とはまったく違い、実生活や社会について学べることが、たまらなく楽しかった。ずっと知りたかった発展途上国について夢中で調べる日々。どんな支援が行われていて、どんな課題があるのか——。

物を配るだけでは長期的に現地の人のためにならないと知って、どんな支援が効果的かを考えたり。精神的豊かさと物質的豊かさが比例しないことを知ったり。

学びたい意欲はとめどなく溢れて、どれだけ学んでもまた次の新しい世界が広がっている。そんな毎日は刺激的だった。日々論文を読み漁り、データと格闘する日々を過ごしたが、その過程は今ライターという仕事をするうえで役立っている。

## 完済するまであと何年？

よく、奨学金返済に苦労する若者に対して、「計画性がない」「もっとよく考えるべきだった」なんて言う人たちがいる。

しかし、生涯賃金の差を考えれば、大学に投資することは賢明だ。奨学金を借りないということはつまり進学を諦めること。進学したい学生に対し、経済的理由で諦めろなんて、そんな残酷なことがあるだろうかと思う。

高校時代の親友に、大学生の時、仕送りを月いくらもらっていたか聞いてみると、「それって家賃込み？」という返事が返ってきた。家賃を親に払ってもらうという世界線があったことに衝撃を受けた。

「家賃込みだと、15万円かなあ」

15万円って、今の私の手取りやん……と再び衝撃を受ける。

もうひとりは「10万円かなあ」とのことだった。この2人が特殊かと言えば、決してそんなことはない。

反対に、「家に仕送りする」側の学生もいる。

私の知り合いの中にも、きょうだいに障害があり支援が必要で実家に仕送りしている子や、親に奨学金を使い込まれているという子がいた。

例えば、実家に月5万円仕送りをしてもらっている学生と、月10万円仕送りをしている学生がいたとする。

5万円仕送りする側の学生は年間60万円、4年間で240万円のマイナスだ。一方10万円仕送りされる側の学生は年間120万円、4年間で480万円のプラスである。

この時点で両者の差は720万円。

そしてさらに、実家に仕送りしている学生が400万円の奨学金を借りていたとする。すると両者の差は、1120万円になる。

実際は、もっと奨学金を借りていたり、もっと多く実家に仕送りしている人たちもいるのが現実だ。

コロナ禍でアルバイトのシフトが減り、困窮する学生の声を聞くたび、やりきれない思いになる。将来の返済のことを考えると、奨学金の増額もためらわれることだろう。

以前取材した児童養護施設で暮らす高校生は、大学生活を見据え、入学金や生活費をアルバイトで貯めていた。そんな折、コロナでシフトが激減し、一時進学が危ぶまれる事態になったという。

私はコロナがない時代に卒業をしたが、ひどい体調不良が続き、アルバイトができなかった時期がある。

アルバイトの収入が頼りという貧困学生は多い。授業料免除制度は成績が上位である必要がある場合があり、生活のためにシフトを詰めすぎて成績が落ち、授業料免除が受けられず退学した、という人もいる。

親に支援してもらえる前提の人と、実家にお金を送る前提の人とのコントラストは、相当に激しい。

私自身は、これまで数度にわたり、奨学金の減額申請をした。減額申請は支払いが困難になった時、一定期間、月々の支払い額を2分の1、または3分の1にできる制度だ。もちろん返す総額を減らせるわけではなく、返済を後ろ倒しにするだけなので完済までの期間は長くなる。

減額申請をしない場合で完済まで20年。私は減額申請を利用しているため、完済まであと何年かかるか分からない。その時、いくつになっているのだろうか。

大学での学びは豊かなものだった。その一方で、奨学金の負担は人生に重くのしかかっている。

（22年4月29日）

〈経験〉はお金で買える最たるものだ。

## 優位性を自覚することは難しい

「学歴中心の履歴書から経験中心の履歴書へ」というワードが大きな話題となったことがあった。

「若者の格差社会をなくすためには」というテーマで4人の識者が解決策を提案した中で、平原依文さんという起業家の方が提案したものだという。

「学歴社会こそが経済格差の原因であると思います。だからこそ、人を評価する判断基準は学歴ではなく、その人個人が持つ唯一無二の経験。いつからでも、自分の頑張り次第で結果も生み出せて、収入格差がなくなると思います」

と平原さんは発言した。

格差を無くすためには、親の所得が高いほど有利になる学歴より、経験重視にしたほうがいいという主旨だったようだが、「経験こそお金があるほうが有利」だという意見が相当な数寄せられた。

平原さんが8歳から中国、カナダ、メキシコ、スペインに留学という経歴の持ち主で、まさに「経歴をお金で買う」を地で行っているように見える人だったことも、火に油を注いだようだ（もちろん、ご本人の努力も大きいことだろう）。

生まれた時から恵まれた環境が当たり前だと、自分の特異性や優位性を自覚することはなかなか難しい。世間からすると成育環境でアドバンテージを持っていても、本人が気付かず、自分の努力でその立場にたどり着いたと錯覚してしまうこともあるだろう。これはだれもが陥りやすい錯覚である。

## お金で買えない経験が評価される社会になったら

話を戻すと、やはり「経験」は金で買えるものの最たる例だと言っていいだろう。

幼少期からの習い事や旅行、高校生までの留学などは、子どもが自分でバイトをしてどうにかなるものではない（そもそもバイトができる年齢ではない）。

お金持ちの家の子どもは自らの意思で留学や様々な経験をしたというが、自分の意思だと思い込んでいても、環境の影響が大きかったりする。

だって生きるのがやっと、暴力が絶えないような生活の中で、選択肢なんて見えないから。

そして、親や周囲の大人は強烈なロールモデルになる。生まれた家庭や環境によって、接する大人の職業や学歴だって変わってくるのだ。

学校の部活動でさえ、ユニフォームや道具が買えない、合宿費用が払えないなどの理由でさせてもらえない場合もある。例えば甲子園に行くという経験は、多くの人にとっての憧れだが、そもそもお金がなくて野球部に入れず、スタートラインにすら立てない人もいる。

さらに、大学時代のボランティアや旅行なども、親から仕送りがある人たちが圧倒的にその経験を手に入れやすいことは言うまでもない。

バイト漬けの生活を送らないといけない学生からすれば、例えば5日間の旅行に行くにしても、5日働いた場合にもらえた日給＋旅費がマイナスになってしまう。

ボランティアなどをしようにも、その時間を作るのに、本来バイトをすればもらえた日給を失うことを考慮しなければならない。

しかし、平原さんが言う経験とは、本当にそういった履歴書に書くことができる経験だったのか？　とふと考え直してみた。

たしかに現状は、履歴書に書けるのは留学や部活動など、お金で買う経験ばかりだ。

だが、もっとお金で買えない経験が評価される社会になったらどうだろうか？　と考えてみる。

例えば親の介護、極貧の中でサバイブしたこと、苦手な先生とどう付き合ったか、大恋愛をしたとかでもいい。ホストに1００万貢いで得たこととかも面白い（あ、でもそれは究極のお金で買う系か）。

私個人の話をすれば、家におやつがなく、山に栗やアケビをとりに行き、様々な雑草を食べて味くらべをしたこと。ゲームや本などがまったくなかったのでひたすらクワガタとりに熱中したことなど、ある意味、少しユニークな費用0の経験も無くはない。

さらには、格安シェアハウスでのサバイバル体験は、めちゃめちゃ苦しかったが一応ネタとしては強い。就職の面接官に、極貧サバイバルの体験をプレゼンしたら、50社中1社くらいは興味を持ってくれるかもしれない。

入院して一文なしになったのもある意味経験？

あれ、もしかして平原さんが言いたかったことって、そういうことだったんじゃないか……と、勝手に想像したりする。あくまで想像だが。

実際、平原さんは、「経験って唯一お金で買えないものだと思うんですね」と発言したあと、「お金で買える経験もあれば、お金で買えない経験もあると思います」と補足している。お金で買えない経験を見てもらえるようになってほしいというのが真意だったようにも思えるのだ。

## 親の所得格差は学力や学歴に大きく影響を与える

現状、評価の尺度はあまりに限定的過ぎる。

学歴・職歴・資格・経験。はっきり言って全部お金が必要なものばかりである。高卒というだけで受けられる企業の数は減るし、1つの会社に最低3年は勤めなければワケあり認定され、親の介護や病気などで休職期間があれば「傷がある履歴書」なんて言われたりする。

どうやって客観的に評価するのかという大きな課題はあるが、評価軸を増やすことは、たしかに有効なことかもしれない。

「学歴こそ貧困でも平等に戦える唯一のものだ」という意見も多かった。

学歴は学力をある程度客観的にはかることができるし、学力は働くうえで必要な基礎的な能力と関係しているので、学歴で評価されること自体は悪いことだと思わない。だから就活で考慮されるのは当然だとも思う。

一方で、学歴や学力は「親の収入格差」に関係なく競争できるものというのは、幻想だと言っていいだろう。

学歴こそ、親の収入格差の影響をもろに受けるものだからだ。

親の収入による偏差値の格差は小学生ごろからあらわれるというデータがあるし、親の

〈経験〉はお金で買える最たるものだ。

学歴と子どもの学力が相関するというデータはいくつもある。塾や家庭教師など教育に課金するほど当然学力は上がるし、入試制度も親の所得が高いほど、私大を併願できるなど選択肢も増える。

周知の事実ではあるが、東大生の親の所得分布では１０５０万円以上が最も多く42・5％を占めることを見ても、いかに親の所得が高い家庭の子どもが受験で有利かが分かる（「２０２０年度学生生活実態調査結果報告書」より）。

大学進学率は5割を超えていると言っても、例えば児童養護施設の子どもに限れば十数％にとどまっている。生い立ち、家庭の経済状況ゆえに進学を諦めざるを得ない子どもも少なくない。進学校に貧困層は少なく、その前段階で振り落とされている。

偏差値が低い大学でも、卒業すれば大卒にはなれる。ある程度学力があれば国公立大学という選択肢もあるが、そうでない場合、裕福な子は偏差値が低くてもお金を払えば大学を卒業できて、貧困家庭の子は私大の受験料や学費が払えないために諦める、ということもあるだろう。この場合に限っては学歴を「買える」と言ってもいい。

もちろん、「地頭」や努力である程度挽回できるのが学力ではあるし、貧困層から難関大に行く学生だって少なくない。実際私も非課税世帯から国公立大学を受験して入学、卒業してはいる。しかし、広く見れば、親の所得格差は学力や学歴に大きく影響を与える。

フェアな競争とはほど遠い。

## 教育は社会全体への投資

マツコ・デラックスさんが、「私は国公立のいわゆる難関校と言われている所は所得の枠を作るべきだと思う。9割が年収1000万円以上の家庭の子どもってなると、何か国立大学の意味がなくない？」と発言し、大きな話題になった。

この意見は逆差別では？　という意見もあり、反発も多かった。しかし、影響力のある方が、教育格差について発言することはとても素晴らしいことだと思うし、もっと議論が生まれてほしい。

そして私の意見を問われれば、所得の枠を作ることにはあまり賛同できない。残念ながら高校卒業時点で国公立大学に行ける学力を形成するにも、親の所得が高いほうが有利。その時点で差は付いてしまっている。

経験にしても学歴にしても、「結果」を見て格差を埋めようとするとどうしても不公平感が生まれるのだと思う。全員が納得する制度など難しいだろう。でも、結果が生まれる「前」、つまり、学歴に関してであれば、無償の塾を利用できるようにする、給付型の奨学金を拡充する、などの支援が考えられるのではないだろうか。

こういったことを言うと平等にこだわり過ぎなんて言われるが、数値でみると現状えげつない格差があり、それをある程度是正するべきだと思うのだ。

親の所得によって進学の選択肢が狭まってしまうことを「仕方のない」ことだとする声は依然大きい。

しかし、教育は社会全体への投資である。

「子どもの貧困を放置することで生まれる社会的損失は40兆円」と試算したレポートでは以下の記述がある。

「貧困状態にある子どもの教育機会が失われてしまえば、大人になってから生み出す所得が減り経済が縮小する。所得や経済規模が縮小すれば、社会としては税収や年金等の社会保険料収入が減少してしまう。加えて、そうした人たちが職を失ってしまえば、生活保護や失業給付、職業訓練といった形で支出が増えることにもなってしまう」（小林庸平「子どもの貧困の放置で生まれる社会的損失は40兆円『投資の視点』で対策を」／三菱UFJリサーチ&コンサルティングHP16年9月26日付）

そして、投資という観点を抜きにしても、学ぶことは権利だ。学びたい人がお金を理由に諦める社会は変わるべきだ。

格差の放置は社会にとってもマイナスだ。

どうやったら生い立ちによる途方もない格差をマシにできるのか？

考え続けたいテーマだ。

（22年9月30日）

# 〈人に迷惑をかけてはいけない〉社会の圧力と自助の呪い。

## 自分の困難な状況を客観的に把握することは難しい

貧困など、あらゆる困難な状況にある人が、自分の置かれた状況を客観的に把握することはとても難しい。

社会全体で見て、自分がどのくらいの位置にいるのか？　そもそも社会の平均ってどのくらいなのか？「一般的な」「普通」がさす範囲はどのくらいなのか。それを知るって、結構難しくない？　と思うのだ。

「大変なんだったら、助けを求めればいい」

「××や×××とか、いろんな支援があるんだから繋がればいい」

そう言う人もいる。

でも、この社会って、「自助」がデフォルトな気がする。

菅前首相は、2020年9月16日の決意表明で、

「自助、共助、公助、そして絆」

「まずは、自分でできることは自分でやってみる。そして、地域や家族で助け合う。そのうえで、政府がセーフティーネットで守る」

と発言した。

〝絆〟なんてゆるふわな言葉を並べているけれど、結局自分でどうにかしろと言っているだけじゃないか。と、今なら思う。

でも、「自分のことは自分でどうにかする」という必要以上の圧力は、社会全体にある。

「人様に迷惑をかけてはいけない」そう刷り込まれていた。

どこまでいったら、助けを求めるレベルなのか？

それが私には分からなかった。

高校生の時、担任に呼び出された。

当時の私は、自分が学校内でもトップオブトップの貧困学生だと、自覚がなかった。でも担任の先生はそれを知っていたのだ。

「給付の奨学金がある。受けてみないか」

ある財団が、毎年うちの高校の生徒1人に10万円（※1度のみ）を授与しているという。

親の許可が必要なので、家に帰って母に相談した。

すると母は、「そんな。悪いでしょう。お断りしましょう」と困惑していた。てっきり喜ぶと思ったのに……。母の反応が意外だった。

でも、担任の先生は「受験するのにも進学するのにもとてもお金がかかります。お子さんのために、受けましょう」と、母を〝説得〟してくれた。

うちの両親は生活保護を受けたことがない。どれほど困窮したって、なんとか自分でしのごうとする。父は病気が悪化して働けなくなっても、それでも支援を受けようとはしない。

大人になった今なら分かる。父と母は、自助の呪いに苦しめられているのだ。一種の強迫観念のようなものだ。迷惑をかけてはいけない。人に頼るなんて悪い。どれほど苦しくても自分でどうにかするしかないのだ、と。

## 助けを求めるのって何重にも難しい

取材を受けると、「困っている子どもがいたら何かしたいと思う大人も多いと思いますが、どうしたらいいですか?」と聞かれることも多い。

たしかに、極貧だった子どものころ、助けを求めていたら、何か違っていたのかな?と思うこともなくはない。

でも、助けを求めるのって何重にも難しい。私は父の母に対する暴力で息をするのさえ苦しい日々でも、制服や参考書などが買えず、部活もさせてもらえない状況でも、誰かに助けを求めたことはなかった。

必死で「普通」の子に擬態した。「問題のある子」と思われるのが、本当にこわかった。助けを求めるという選択肢さえ見えていなかったのだと思う。社会には人の助けを借りる人は卑しいという考えが根強い。でも助けを求めずどうにもならなくなったら、今度は「なんで誰にも頼らなかったんだ」と言われる。たぶん、どっちにしたって責められる。

「経済的弱者」は「情報弱者」であることが多く、支援制度の情報は、必要としている人に届きにくい。

担当の編集者さんが、知り合いの富裕層の人は無料イベントの情報などをとても上手に拾ってくると言っていた。そういう面は少なからずあると思う。

「もっとこうすればいいでしょう？」

「こういう制度もあるのに、なんでそうしないの」

安全圏にいる人がそうやって責めたりするのは（善意のアドバイスの場合もあるけれど）やはり残酷だ。

困難な状況にある人が自分の状況を自覚することが難しいのと同様、裕福な人が自分のアドバンテージを自覚するのも本当に難しいことなのだと、痛いほど実感する。

例えば、私立の一貫校を卒業し、エスカレーター式に有名大学に入り、大手企業に就職する。そういう人の周りには、あらゆる水準で似たような人ばかりがいる。

恵まれた人は、よく「自分なんてぜんぜん」と言う。でもそれは、その「周囲の人」に比べて、という意味であって、社会全体では、という話ではない。

気持ちいいほど芳醇なお金持ちエピソードを聞かされたあと、「自分はぜんぜん裕福じゃなくて」と言われた時、私の目はピンポン玉のように丸くなるのだけれど、当の本人は本気でそう思っているのだ。

今まで関わってきたネイティブ強者たちは、大抵悪意はない。でも、そんな彼らが悪意を持った時の殺傷能力を私は知っている。

「稼げないのは自分のせい」

「税金で養われている」

「優遇された弱者」

そんな言葉がことあるごとに、ネットの海を覆う。

自分の優位性への無知が、弱者への攻撃性と直結するかと言えばそうではないと思う。ただ、自分の特権への無自覚さは、時に他者への暴力性へと変貌することがある。

そんな場面を、幾度となく見てきた。

特権に無自覚だと、自分の立場が努力の結果であると思い込みがちで、逆に、弱者は努力が足りないからその立場に甘んじているのだ、というジャッジに帰結してしまう。

その無自覚さは、世代間の連鎖や、生まれながらのアドバンテージ・ディスアドバンテージへの無知と地続きでもある。

自分の優位性、特権を自覚することで、他者への視点は確実に変わる。

## 「自覚すること」からすべては始まる

ライターになった初期のころ、とある編集者さんに、「ヒオカさんは貧困界のエリート女子だと思うんですけど」と言われたことがある。

その時は、現在進行形で劣悪な環境のシェアハウスに住まざるをえず、体調を崩しまくっていて、めっちゃ苦しいのになんでそんな言い方するの？　と正直思った。

でも、冷静に考えれば、極貧だったけど大学を卒業できて、書く場を与えられている。それは間違いなく、私の優位性だった。

今ならそれがよく分かる。

それに無自覚だったら、「貧困でも大学に行ける！」とか、「弱者も書く仕事で苦労をメシの種にすればいい」とか言う生存バイアス人間になっていたかもしれない（そこまでひどいことはどっちみち言わないけれど）。

自分の優位性が、努力以上に運によるものだという自覚が芽生えた時、やはり社会を見る目は変わった。「本当は大学に行きたかったけれど行けなかった」、そういう声の質感みたいなものの感じ方が変わってきたのだ。

最近、日本という国に生きている人の中にも、戦争などで流れ着き、でも難民認定してもらえず家を借りることや医療にかかることすらできない人たちがいることを知って、自分の無知に打ちのめされた。

自分が当たり前に享受している権利を、持てない人たちが世の中にはいる。自分の想像の範疇を超えた困難に置かれた人たちがいる。

そんな視点を忘れないでいたいと思うのだ。

「自覚すること」からすべては始まる。

そんなことを最近思う。

（22年10月14日）

# 勇気を出して有給休暇を取ってみた。

## デフォルトで360日体調は悪い

2022年、本当に働きづめの1年だった。

アルバイトとはいえ、フルタイムで会社勤めをし、会社が休みの日は執筆やそれに付随する仕事をする。

仕事がない完全な休みの日は、平均して月に1~2日くらい。友人からの遊びの誘いも、リスケし続けて実現したのは半年後、なんてこともあった。物理的に時間がなかったのではなく、余力が残っていなかったのだ。

さすがにこれはまずいと思い、推しの個展にだけは行く、など最低限の心の潤いを保とうと努力したが、休みの予定は思い返せばほとんど何かしらの通院、受診。

医療費の負担半端なし。

デフォルトで360日体調は悪いが、体調を大きく崩しても「働きながら治す」というのが習慣になった。朝起きて強烈な頭痛があっても、布団から起き上がれなくても、吐き気がしても、家を出るぎりぎりまで寝て、「っしゃぁ！」と体を起こし電車に乗る。体調不良での出勤は周囲に迷惑だし、休んで元気になってから働けばいい、と思われるかもしれない。体調不良がデフォルトだと、仕事に支障がない体調不良の度合いが分かってくる。そして、それで休んでいたら欠勤ばかりになってしまうのだ。

なにがなんでも休んでたまるか。体を引きずってでも出勤してやる——と無理をしまくって、体調不良での休みは半年に1回くらいに抑えられた（ってこれでいいのかは謎ではあるが）。

いろんなところで、「自律神経が乱れている」と言われたから、医者に「どうやったら自律神経を整えられますか？」と聞いたら、「そんな生活をしていて自律神経が乱れない方法があったら逆に教えてほしいです」と言われてしまった。

同僚はみんな連休を取り、旅行に出かける。

でも、旅行支援などをうまく使って旅行に行くには、「休みを取れる経済的余裕」が必要だ。

休めば日給が減る。「旅行に行く」ためには旅費が必要なだけではなく、「休まなければ本来稼げた日給」を失うことを甘受しなければならない。

同僚が次々連休を取る中、私は休まず働き続けた。

マックスで働いても手取り15万～16万円なのに休めるわけもないし、誰かが「調整弁」にならなければ、シフトも回らなくなるからだ。

## 働きづめ生活の限界

私はプライベートで旅行に行ったことがない。

貧困家庭で育つと、「旅行」というのはあまりに縁遠く、そこにお金をかけるハードルはエベレスト並みに高い。言い過ぎか、高尾山くらい高い。

息をするように暇さえあれば遠出をし、スマートに各地のお土産を配る同僚を見ては、一緒に働いているけれど、習慣や文化は全然違うなぁと思う。

旅行だけではなく、ライブにも行ったことはないし、外食や映画なども年に数回行くかどうか。お金の問題が一番大きいけれど、文化的な生活を送る習慣がないと、憧れはあれどその一歩のハードルは高く、なかなか挑戦できないのだ。

経済的に苦しいと、休みが取れず、体調が安定しない。そのせいで医療費が生活を圧迫し、また困窮する。こんなループを繰り返し続けている。

交通費が全額支給されるには何日以上働かないといけないという会社の規則もあるため、交通費の自腹分が発生しないよう、やはり休みは取れない。

2年前にシェアハウス生活を脱し、ひとり暮らしを始めたが、生活の質は見違えたものの、家賃は2倍近くになり、水道光熱費やWi-Fi代の負担が加わったうえに、人生で初めて払った「更新料」も目ん玉が飛び出るような金額だった（シェアハウスは水道光熱費や共有部の備品などは運営会社負担で、家賃も3万円台だった）。

さらに電気代も高騰。物価高も生活を直撃し、低賃金で働きながら奨学金を返済する私の生活はどんどん追い込まれていった。

ただ、そんな働きづめ生活も限界が近づいていた。というか、もうとっくに限界なんて来ていたのだ。

吐き気止めや鎮痛剤を飲みながら働き、家に帰ったら倒れ込む。栄養なんて一切考えずに食事をかき込む。眠りは浅く、夢の中で企画書やメールを返信。送った気になっていたら現実では送れていなかった、なんてことも。

こんな生活、持続可能性がないと分かりきっていながら、そのループから抜け出す思考力も鈍くなっていく。

年間通してありとあらゆる身体の不調が吹き出したが、最近は、首の酷い痛みに悩まされるようになった。ローテーブルに座椅子で執筆し続けたものだから、首に負担がかかり続けていたようだ。首が痛くて眠れない。整形外科に行くと、ヘルニアかもしれないと言われた。

ＭＲＩを撮らないと確定診断は下りないが、手術や入院となればまたとんでもない金額が必要になる。

まずはなんとしてもデスクとチェアを買わねば。しかし、収納がほとんど無い6畳ワンルームにはスペース的な余裕がなく、荒れ果てた部屋を大掃除する必要があった。

そんな時、会社の有給休暇を使っていなかったことを知る。

いつ体調を大きく崩すか分からないし、2月など日数が少ない月は必然的に月給も減少する(ある年は手取り12万円まで落ち込んだ)。それを考えると、いざという時に取っておかねば、とこわくて使えなかったのだ。

有休を残しておいて命拾いした、と思った。

## 5日間の有休

知人が次々に体調を崩し、長期の休養を余儀なくされていくのを見ながら、自分もそうなるのでは、と焦りまくっていた。無理がたたって身体に来た時にはもう手遅れ。そこから回復するのにはものすごい時間やプロセス、さらにはお金が必要になる。2度の救急搬送と入院歴のある私は、その事実を嫌というほど知っていた。

そこで、思い切って、5日の有休を取った。

と言っても、結局仕事が入ったので、掃除に充てられたのは3日間。

そしてその3日の間に、整形外科にも行けた。10年前に半月板を損傷してからずっと膝が痛いのだが、首が痛みだしてから全身のバランスが崩れたのか、膝も痛みが悪化。日常生活に支障が出るほどになった。そこで首のリハビリに加え、膝の水を注射で抜いた。まさか20代で膝の水を抜くことになるとは。

でも、これも休みが取れたからできたこと。

注射は、「チクっとしますよ」という医師の言葉と裏腹に、のけぞるほどの、骨の髄まで響くような痛みだった。「10分くらいで痛みもなくなりますよ」という医師の言葉にもやっぱり裏切られ、寝るまでめちゃくちゃ痛かった。

おかげで掃除の効率はがた落ちだったが、ずっとできなかった片付けがやっっっっとできた。

さすがに半年以上本腰を入れた掃除をしなかったツケを3日でチャラにできるはずもなく、片づけします系バラエティ番組があれば撮れ高よし！　というくらいにはまだ部屋はめっちゃ汚いが、なんとかデスクを置くスペースを作ることはできた。

掃除をすると、ずっと探していた書類や、いくつものポケットティッシュや剃刀《かみそり》なんかがわらわらと出てきた。日頃から整理整頓していれば、書類を探し回る手間や時間、不要な買い物を防げたんだろうな……としみじみ思った。

限られたスペースをすっきりと保てるよう、これから気をつけることもいくつも浮かんだ。生活を見直す大きなキッカケになったように思う。

## 人間らしい生活を取り戻すスタートライン

何より、掃除に時間を割けることの充足感がすごかった。なんというか、人間的な生活を取り戻している感じ。これは大げさではない。

3回は空き巣に入られたような、少し歩けばいろんなものを踏み、ちょっと足が当たれば雪崩《なだれ》が起きるような空間で生活するのは、どう考えても健全ではない。

有休を取って、私は人間らしい生活を取り戻すスタートラインに立てたのだ。

今でも有休日数は少ないが、派遣として働いていた時はそもそも有休がなかった。接客業だったので年末年始の休みは社員もなかったが、社員は三が日が過ぎたあたりにまとめて連休を取った。

その一方、休めば給料が減るので派遣は休めないのだ。

その時も、今の仕事に就いてからも、GWやお盆、年末年始もずっと仕事。3年連続で会社での年越しだ。クリスマスや年の瀬の独特の空気感を、いつも他人事に感じてしまう。どうせ仕事。超日常。イベントごとを楽しむって、どんな感じなんだろう。すごく憧れるけど、徐々に意識していくことで、私もいつか季節のイベントを楽しめるようになるだろうか。

2日以上の連休を取ることがほぼない生活を続けているが、休みは「人間らしい生活」

に必要なものだと、今回で身に染みて感じた。
すぐにとはいかないが、徐々に人間らしい生活を送れるようになりたい。
（22年12月23日）

# 〈栄養バランス〉なんて余裕がないとできない。

## じゃがいも1個78円でぎょっとした

スーパーに行くと、じゃがいもが1個78円でぎょっとした。前は38円、せいぜい40円超えるくらいだったのに。もう2倍じゃないか。物価高の足音が聞こえ始めたのは2022年の後半だっただろうか。じわり、じわりと生活を侵食し始めた。そして、最近その影響は大きくなっているように感じてならない。

例えば生活に欠かせない水。今の家は恐ろしく水道水がまずい。カルキ臭く、洗った鍋も時間が経つと真っ白になる。なんとこれが煮沸したって臭い。安い浄水器ではたぶん太刀打ちできない。かといっていい浄水器は高い。だから2リットルの水を買っている。ドラッグストアで一番安いものが68円ほどだった。それが80円くらいになった。

トイレットペーパーやアルコール入りの除菌ウェットティッシュなど、生活に必要な日用品も軒並み数十円ずつ値上がり。それだけではなく、ドラッグストアではサービスデイのポイントの倍率が引き下げられた。電気代の高騰で、店内の半分の照明は切られ、薄暗い。ポイント倍率の引き下げも苦肉の策なのだろう。

## 食費切り詰め作戦

こういった値上げは、生活を着実に圧迫していく。光熱費、日用品の高騰で固定費や生活費が圧迫される中、真っ先に削るのは「食費」だ。電気は最低限しか使っていないし、日用品を削るにも限界がある。

となると、毎日買う食材費を切り詰めるのが一番効果的だ、と「思った」。そこで1ヵ月ほど、食費切り詰め作戦をやってみた。1ヵ月の食費の上限を設定しなおし、そこから1日分の目標上限額を決める。例えば1日300円に抑えられたりした日は嬉しかったし、お金の減りが少なくなったので気持ちに余裕もできた。

が、自分の食生活を振り返ると、少し怖くなった。基本自炊だが、帰りが遅くなったり激務の時、ずっと外にいる日はどうしてもご飯を買うことになる。そして外で買う時、安くて、お腹にたまるもの。それはカップラーメンや菓子パンなのだ。

味が濃かったり、デニッシュ生地やシュガーコーティングで高カロリー。脂質や糖質、炭水化物が多めで、野菜の種類が少なくなり、栄養価は低い。健康にいいものは少量で高いし、ヘルシーなものってお腹にたまらない。

そう、どんどん不健康になっていく。これでは本末転倒だ。いくら目先の食費を削ったって、不健康な食生活だと病気のリスクが高まり、医療費で結局トントン、いや、マイナスになる。

「貧困」の状態に陥る人はこういった負の連鎖をよく経験する。日々の生活に投資できないことで結果不健康になり余計にお金がかかる。先日、講演で地方を訪れた時、お医者さんが来ていて、「病気は社会が作るものだと思います」と言っていたのが印象的だった。生活習慣病と聞くと、暴飲暴食、怠惰、なんてイメージを持たれやすいが、安くお腹を満たそうとした結果、そういった病気になることもある。

栄養価の高いものを、バランスよく摂取する、それはお金はもちろん、知識や精神的余裕も必要なことだ。

## 極端な節約は、長期的にはリスク

長期的な視野を持ってリスクに備えることは、賢さがあるから、というだけではなく、経済的な余裕があるからだ、と思う。物価高のせいか需要の高まっている節約などのライフハックの記事を読むと、そういった術を知っている人は元々ある程度余裕があり、比較的豊かな人ばかりだと気づく。そういう人が無駄を減らすためのもので、もともと無駄がない人には毛ほども役には立たないのだ。

1ヵ月の自分を振り返ってみて、極端に切り詰めると、どう考えても長期的にはリスクにしかならないと感じた。今かかるお金を削ったところで、それは将来の健康さえも削る行為だ。

とはいえ、やはり物価高の影響はあまりに深刻だ。フルーツやヨーグルトはまず買わない。朝ごはんは納豆と白米だけ、ふりかけや漬物、梅干しは我慢。鶏のもも肉が高いからむね肉を買う、キノコ類は我慢する、サラダなどプラス1品もしない。まるでエサを食べているように、味わいも彩りもない。そういう積み重ねがじんわり、ボディブローのように効いて、精神的な豊かさまでも奪われていくようだ。

未曽有の物価高は多くの人にとって死活問題だろう。

健康を損なわない程度に、生き抜く方法を模索する毎日だ。

（23年4月28日）

# 孤独を埋めるのにもお金がかかる。

## 雑談の見えないパワー

社会人になって一番長く勤めた会社を辞めた。

働き始めたのはコロナ禍が始まり、社会が大混乱していた時期だった。就活の面接は軒並みオンラインになり、採用後の研修もリモートになる、というところが多かった。しかし私が当時住んでいたシェアハウスでは、奇声をあげたり暴れる住人がいた。

さらに、驚くほど壁が薄く、となりの住人の声は丸聞こえ。そんな環境でリモートワークなどできるはずもなく、リモートワーク推奨！　という世間の流れに逆行して、出社が必須の会社をあえて選んだ。というか、そうする他なかった。

この選択は正しかったと思う。

「フルリモート対応」は優良企業の条件だったりする。実際、出勤が嫌だから家で働きたい、という人の声はよく聞く。しかし、フルリモートがプラスに働くのは、ある程度勤続年数があり、人間関係ができていたり仕事内容を把握し慣れている人だろう。新人がいきなりフルリモートだと、仕事内容を覚えるのが大変なのはもちろん、人間関係を築くことにも支障が出る。

毎日出勤するという当たり前を失ってみて、初めて気づいたのは、働くうえで人との対面でのやりとりにいかに力をもらっていたのか、ということだ。もちろんそれは煩わしさやストレスの原因ともなりうるが、一方で雑談の見えないパワーは凄まじいものがある。

## 会社を辞めて待っていた致死量の孤独

働くことの充足感は、仕事内容がよければ得られるかと言えばそんなこともなく、人間関係に依《よ》るところが大きい。

ひとりの時間は誰かといる時間があるから楽しい。半ば強制的に人と会わざるをえない環境で、私は「居場所」を得ていたのだった。嫌なことがあっても何もやる気が起きなくても塞ぎこんでも、出社すれば仕事モードになり、その場所のリズムに組み込まれていく。

コロナ禍にライターになったので、ライターの仕事はオンラインが基本だった。編集者さんとのやりとりはメールが基本、打ち合わせもオンライン。オンラインが好き、楽という人もいて人によるのだが、私はオンラインのみで仕事のやりとりを完結することがものすごくストレスだった。相手の顔が見えない、無機質な文面から感情やテンションが読み取れない。体温を感じない。何を考えているのか分からない。

オンラインで得られる情報は、対面に比べるとかなり限られる。オンラインで音楽のライブが行われてもリアルには絶対敵わない、というようにやはりPCを介してのコミュニケーションは貧弱だ。少なくとも一から人間関係を築くうえで、オンラインのみというのは困難を伴う。

会社を辞めて待っていたのは、致死量の孤独。

朝起きてから、夜布団に入るその瞬間まで、誰とも話さない。そんな生活がここまで苦しいものだとは想像さえしなかった。ひとり暮らしは出社しなくなったらいよいよ誰とも話さなくなる。

そして孤独を埋めるのにもお金がかかる。

フリーランスになると通勤の定期もなくなり、定期圏内で出かける、なんてこともできなくなるし、取材以外、交通費は自腹。カフェで作業するにもコーヒー代がかかるし、日中ひとりだから夕食だけでも友達の家で、と思っても、そこへに行くにも交通費がかかる。コワーキングスペースを借りるにもやはりお金がかかる。結果、家に引きこもる。

## 自分が「ひとり」である、という事実

やっと仕事用のデスクを買い、作業スペースができた。今まではローテーブルに座椅子

で、そこで食事もとっていたので作業スペースが生活に溶け込んでいた。しかし、作業をするだけのスペースができ、その空間が浮かび上がったことで、自分が「ひとり」である、という事実が強調される気がする。

部屋が大きな口を開けていて、その口に飲み込まれる。その中には孤独と虚無が広がっている。

孤独だから生まれる物がある、と芸術家は言うけれど、私はやはりどうしても、人と人との繋がり、生産性のない雑談からこそ、生まれるものがあると思ってしまう。

「おはようございます」「雨が酷いね」「疲れた」「お疲れ様」

そんな言葉が、無性に恋しい。

（23年5月12日）

# 奨学金返済を苦に亡くなる人がいる国で。

## 社会に出た瞬間に数百万の借金を負って

「2022年の自殺者のうち、理由の一つとして奨学金の返還を苦にしたと考えられる人が10人いた」というニュースが飛び込んできた。

「自殺者の統計が同年から見直され、原因や動機に奨学金返還の項目が加わったことで初めて明らかになった」のだという（「自殺の動機『奨学金の返済苦』、22年は10人　氷山の一角との声も」／『朝日新聞デジタル』23年6月18日付）。

しかし、現場の支援者らはこの数字は氷山の一角ではないかと指摘する。奨学金返済を苦に自殺する人がいる。衝撃的な話ではあるが、現行の制度では、そうなるのも無理がないとも思う。かねてから日本の奨学金制度はその厳しさが指摘されている。実質的に救済制度がなく、返済を免れるには死ぬしかない、とまで言われている。

減額返還や返還期限猶予の制度はあれど、経済的理由で返還が困難などの事情がある、かつ申請して通った場合に、期間限定で適用されるだけ。申請できる上限回数も決まっている。上限回数を超えれば、支払いは絶対だ。前述したように、支払う総額は変わらないため、減額返還や返還期限猶予をしたら、完済までの期間が長くなるだけなのだ。

社会に出た瞬間に数百万の借金を負い、中年になるまで返済をする。近年はコロナによる経済の悪化、未曽有の物価高と、経済的に追い込まれる状況が続いているが、何があっても働き続け、どれだけ苦しくても支払いを滞らせてはいけない。

もちろん、借りたものだから返済の義務があるのは当然だろう。ただ、普通の借金ではなく、これは教育費だ。親が仕送りをしてくれ、授業料を払ってくれた人には発生しない。

他国では給付型の奨学金が充実していたり、そもそも学費が無償だったり、奨学金の救済制度があったりする。貸与型が基本で、しかも利子が付き、基本的に何があっても返済しなければならず、返せなければ訴えられる。教育に関して、ここまで過酷な制度を持つ国があるだろうか。

政府は、危機的な少子化を受けて、様々な政策を打ち出している。その中で給付型の奨学金の拡充も検討されている。これからの世代に向けた政策を考えるのは大切なことだが、その「これからの世代」を産むであろう今の若い世代はどうだろう。

給付型の奨学金制度が始まったのは2020年4月。少なくとも20代後半以上の世代は学生のころこの制度が始まっておらず、貸与型の奨学金を利用し、多額の借金を抱えながら生活している。これからの世代の教育費をいくら軽くしようが（それは絶対に必要な制度だが）、今の若い世代の背負っている奨学金をどうにかしないと、問題の根本的な解決にはならないのではないだろうか。

## 支払いをするために働いているようなもの

住民税の支払いの通知書が届いた。

その額をみて、一瞬心臓が止まりそうになる。社会保険料も値上がりし続けていて、手取りはどんどん少なくなっている。社会保険に加入していないフリーランスなども手取りが減っていることに変わりはない。国民健康保険料などもどんどん値上がりしているからだ。

社会人になって、気が付けば常にお金のことを考えている気がする。低所得であろうと所得税、住民税はしっかりとられるし、年金や健康保険料だけで月何万円も持っていかれる。もちろん社会に必要なものではあるが、収入に対して、負担があまりに大きすぎる。それに加え、奨学金の返済。

電気代やガス代も高騰している。水道代、スマホ代、家賃などの固定費を払って、さらに食費、洗剤などの生活必需品のお金を払えば、手元に残るお金はわずかだ。この中から貯金もして、老後には2000万円ある状態にしないといけないとかどうとか……。

正直、一体何のために生きているのだろう、と思うことがある。働いて、稼いで、でもそのほとんどは支払いに消えていく。支払いをするために働いているようなものだ。本当に自由に使えるお金って、一体いくらなんだろう。

## 心まで貧しくなっていく気がする

お金の心配ばかりしていると、心まで貧しくなっていく気がする。

先日、友人に映画を観にいこうと誘われた。映画代も値上がりしていて、今や2000円近くする。とっさに何日分の食費だろう、なんて考えてしまった自分がいて、そんな自分にぎょっとした。そんなこと考えちゃだめだ、文化的なものを大事にしないと。そう思うけれど、生きていくためには無限に働き続け、絶対に働いて支払いを全て終えていくというサイクルを滞らせてはいけない。そう思うと、どうしようもない不安や恐怖に飲み込まれそうになる瞬間が、何度もやってくる。

SNSをやっていると、お金についての情報が流れてくる。大抵そういう情報は「知らないと損する税金の話」「それ、損してない？　お得なやりかたはコチラ」といったパッケージだ。実際には、お金に関する情報は、調べる人、一部のリテラシーの高い人にしか届かない。私たちは必死になって、損しないように、何か制度はないものか、とお金に関する情報をかき集める。

でも、一方で思う。税金など公的な制度なのに、「知らないと損する」「その情報を手にしたものだけが得をする」仕組みってなんだ。その時点でもう、制度の敗北ではないか。

この社会の制度はあまりに煩雑で、書類は難しく読解が難儀だ。例えば収入が減少した人の救済制度なども、条件に当てはまっても誰も教えてくれない。本当に困っている人には必要な制度は届かない。情報を取りこぼせば足元をすくわれる、そんな社会なのだ。もちろん最低限知っておくべき制度というのはある。でも、知らなければ数十万円単位で損をするのに、物陰にひっそりと隠れているような制度があったりする。

損しないように、損しないように……そうやって情報を捕まえようと必死になる一方で、そんな制度設計でいいのか。そんな疑問も、忘れないでいたい。


（23年6月23日）

# III

# 心と身体

# 殴られていなくても、〈虐待被害者〉だと気づく。

## 長年続く原因不明の体調不良

10年間、原因不明の頭痛と胃腸の不調に悩んでいる。

だがつい先日、10年ぶりにCTを撮って、いくつかの病院で診てもらった結果、意外な事実が見えてきた。

私は年間360日体調が悪い。つまり、体調がいい日がほとんどないのである。

これでもか、と次から次へと全身にいろんな症状が出る。内科、皮膚科、心療内科、脳神経外科、婦人科……と様々な科にかかり、気づけば薬漬けになっている。

いつも決まって言われるのは、「ストレスじゃないでしょうか」。

ものごころついた時から体は弱かったが、体質が大きく変化したのが大学1年生の時。元々の虚弱体質に加え、格安シェアハウス生活のストレスのせいか、急性胃腸炎で救急車で運ばれた。その時は点滴だけで帰されたのだが、なぜか胃腸の調子がまったく回復せず、普通食を食べられるようになったのは4年生の冬だった。

どろどろに煮た野菜やおかゆに白湯《さゆ》という生活が続き、体重は激減、生理が2年間止まった。

胃カメラを飲んでも原因は分からなかった。それからというもの、胃腸は現在に至るまで全快しておらず、いまだによく消化不良を起こす。

もうひとつ悩まされているのが頭痛だ。

先日、仕事中に酷い頭痛に襲われた。偏頭痛もちで、肩や首の凝りが中学生の時から酷く、緊張性頭痛は毎日のように起きる。だから、頭痛が酷くても、いつも薬を飲んで仕事をする。その日も痛みとそれに伴う吐き気を我慢しながら、ＰＣに向かった。

しかし、いつもと違ったのは、偏頭痛用の薬を2回飲み、冷えピタを貼ってもまったくおさまらなかったこと。翌朝になっても、視界が歪むような頭痛で、吐き気も酷かった。仕事に穴は開けられないと何とか身仕度をするも、家を出る5分前、さすがにこれは無理だと思い、同僚に祈るような気持ちでシフトを替われないかと連絡した。

奇跡的に即レスが来て替わってもらえることになり、会社に電話してそのまま布団に倒れ込んだ。

翌日、まだ頭痛は治らない。無理矢理出勤するも、あまりに顔色が悪かったのか、私の顔を見た上司が早退させてくれた。

薬が効かず、困り果てて内科に行き、脳内の異常の可能性もあるので脳神経外科の受診を勧められた。そこで脳神経外科でＣＴを撮った。医者は写真を見ながら、「脳は綺麗ですよ」と言った。

10年前、高校生だった私は、ひどい頭痛が1ヵ月続き、ＣＴを撮ったことがある。その時、医者は「綺麗な脳みそですね」と言った。完全にデジャブで、ちょっと笑ってしまった。

しかし、少し違ったのはその後。

10年前はそれで終わったが、今回はその続きがある。

「あなた、薬物乱用頭痛です」

と言われたのだ。

診察の時、飲んでいる鎮痛剤の種類と頻度を聞いて、医者の顔はどんどん曇っていった。

「緊張性頭痛の時は市販のイブ、生理痛の時はボルタレン、偏頭痛の時はリザトリプタン。でも今回はスマトリプタンとゾルミトリプタンも飲みましたが効かなくて。過去にはアマージもイミグランも飲みました」

頭痛がほぼ毎日あり、様々な薬を併用していた。偏頭痛は、痛みがピークになってからでは薬の効きが悪い。仕事中に偏頭痛の発作が起きた時の苦しみは筆舌に尽くしがたいものがある。それが恐ろしくて仕方なく、予防的に飲むようになり、頓服を常用するようになっていた。

飲み過ぎで薬が効かなくなり、さらに痛みに過敏に反応するようになっているという。10年もの間、鎮痛剤を常用し続けてきた。薬物乱用は快楽を求めるがゆえになるのではなく、痛みを恐れるがゆえに陥ることもあるようだ。

「完全な薬物乱用です。今止《や》めないと、肝臓や腎臓を悪くします。今が大事、踏ん張り時だよ」

そういって先生は私の背中を強く叩いた。

その後、私の体調不良を知った知り合いに強く勧められ、漢方内科を受診した。そこでいろいろ聞かれた流れで、長年ありとあらゆる不調に悩んでいることを話した。

## 面前DVという虐待

先生が反応したのが、体重の増減があまりに激しいこと。激やせしたあとは逆に体重が増えやすい。

19歳からいままで、ＭａｘとＭｉｎで実に30キロ近い差がある。

それを聞いた先生は、「幼少期の家庭環境に、問題があったんじゃない？」と言った。

「父親の母親への暴力が酷かったです」

「やっぱり……」

聞くと、幼いころの虐待経験で、その後慢性的に体調不良を抱える人がいるという。「虐待」の影響を指摘され、軽く衝撃を受けた。

私は父から身体的虐待を受けていたわけではない。固定観念だが、虐待とは、自分自身が殴られたり蹴られたりすることだと思いこんでいた。だから、虐待サバイバーを取材し、後遺症について当事者から話を聞いても、「なんて大変なんだろう」とは思うけれど、自分は違う、とどこかで思っていた。その時の自分に「お前もだよ‼」と言ってやりたい。

面前DV（目の前でDVを見ること）、親から行動制限を受けたり怒鳴り散らされたりする、というのが18歳まで続いたが、それが立派な虐待だったのだと、初めて認識できたのだった。

先生は続けて言った。

「あなたは自分が生まれつき虚弱体質だと思ってるみたいだけど、後天的なものも大きいはずですよ」

ツイッター（現X）で、虐待のサバイバーが、人と会うと相手の顔色を読みすぎてどっと疲れる、大人になっても心身の不調が続いている、という話をよく目にして、内心ドキっとしていた。

自分もそうだと認めざるを得ない。

## 感覚を麻痺させるクセ

わずかな目線の動きや声色の変化から、相手の感情を読み取ってしまう。人と会うとどっと疲れるし、オンラインで話した後、布団に倒れ込んでそのまま動けない、なんてこともある。

疲れやすいのは体が弱いからだと決めつけていたが、どうやらそれだけではなさそうだ。高校生、大学生、社会人になってからも、体力作りのために走り込みや筋トレは続けている。それでも、疲れると心臓が痛くなるし、呼吸が浅くなって、頭痛になる。会社が休みの日は張り詰めていた糸が切れるのか、体がずっしり重く、布団からまったく出られない。やっと起き上がったらもう夜、なんてこともめずらしくない。

心療内科の先生には、「解離」を指摘された。

先生曰く、激しい苦痛を伴うことが起きた時、どこか他人事のように捉え、衝撃を受けていないかのように、無意識に自分の感覚を麻痺させるクセがあるそうだ。

指摘されるまで気づかなかったが、どうやら、よくこの解離を起こし、現実をやり過ごしていたらしい。そして、それは一時的な対処法に過ぎず、実際は自分がそのまま全部苦痛を受けているので、ふとした時どっとその疲れや心身への影響が出るというわけだ。

今は鎮痛剤を減らすよう努力中だが、先日も夜中に強烈な頭痛で目が覚めてしまい、薬との付き合いはまだ続きそうだ。

そうしている間にも病院に行かねばならない症状は次々にやってくる。

医療費に家計を圧迫され、今日も預金残高とにらめっこしながら深いため息をついている。


（22年3月4日）

# 〈1日24時間〉は同じでも、動ける時間は人それぞれだ。

## 8時間が限界だった受験生時代

受験生時代、担任の先生がホームルームでよく言う言葉があった。

「時間だけはみんな平等だからなー時間がないのを言い訳にするなよー」

当時は、「たしかに、塾に行けないとか参考書を好きに買えないとかいろいろあるけど、試験までの時間は一緒だもんな、頑張ろう」くらいに思っていた。

でも大人になって気づいた。

人間に平等なものなんて何ひとつとして存在しない、という事実に。

たしかに、秒、分という単位や、1日は24時間という概念は同じだ。

でも、時間は平等ではない。

「可処分時間」は人によってまっっっったく違うのだ。

私は受験生時代、図書館で受験体験記を読みあさり、科目別の時間配分の表を見て、再現しようとしたことがある。

難関大に合格した人は、休日であれば1日に12時間以上は普通に勉強する。

しかし、私は8時間が限界だった。

集中力はあるし、スイッチが入ると無我夢中でのめり込む。

でも、8時間以上勉強すると、
・肺が痛くなる
・呼吸が苦しくなる
・頭痛
・吐き気
といった症状が現れる。

休憩してから再開するも、無理をすると今度は次の日まったく動けなくなるので、症状が現れたら強制終了。

体力がないからか？　と思い、走り込みなんかもしていたけれど、結局元々の体質らしかった。

浪人、併願もお金がないために選択肢になく、国公立一本だったので、当時は本当に自分の身体の弱さを呪いまくった。

## 外出はトラップだらけ

大人になると、さらにいろんな差が見えてくる。
世の中にはショートスリーパーとロングスリーパーがいる。
知人は4時間寝ればスッキリというザ・ショートスリーパー。つまり1日の稼働時間が20時間。おまけに超健康体だという。

一方私は、睡眠時間が8時間以下だとこれまた日中肺が痛い、呼吸が浅い、頭痛や目眩《めまい》といった症状に悩まされる。

また、異様に疲れやすく、10時間くらい寝ないと体調が回復しないことはしょっちゅう。最近、西川のねむりの相談所で睡眠を計測してもらったところ、眠りが浅く、途中で何度も起きていることが分かった。布団の中にいる時間は長くても、実際ちゃんと眠れている時間は少なく、めちゃくちゃ睡眠効率が悪いらしい。ロングスリーパーというより、慢性的な不眠症のようだ。

睡眠時間が長いと、ゆるい生活をしてる、だらしないみたいに思われがちだけど、寝ないとリアルに生活が崩壊するし、仕事や日常生活に支障が出まくりなので、周囲に迷惑をかけないためにも絶対に睡眠時間は確保しなければならない。

時間以外にも、めちゃくちゃ不平等だな、と思うのが医療費だ。

同僚との何気ない会話で、「今日気圧やばくて頭痛薬飲んだ〜」「この前病院行ったときに〜」なんて話すと、「私頭痛薬や胃腸薬飲んだことないんだよね〜」と言われたことがある。

鎮痛剤が手放せないというと、心配してくれて「薬飲まないほうがいいよ〜クセになるから〜」と言われることがよくある。

それはそのとおりだし、できれば私だって飲みたくなんかない。

でも、気圧や冷えなどちょっとした刺激であっという間に偏頭痛がおき、血管が脈打ち光や音に過敏になり、強烈な頭痛に襲われる。

先日、夜に外で友人を5分ほど待ち、一緒に強風の中を歩いたら寒さで足が冷え、帰ってから頭痛で寝込んだ。防寒は万全だったが外出はトラップだらけである。

鎮痛剤の過剰摂取のことを書いたが、機能不全家族で育った人はトラウマ症状や、無意識に顔色を窺い対人ストレスがかかる、原因不明の体調不良に悩まされる、ということがよくあるらしい（もちろん、誰もがそうなるとは限らない）。

## 自分の身体って欠陥品だな

原因不明ということは、明確な治療方法も、終わりも見えない、ということだ。

先日、同年代の同じような環境で育った人と話したが、え、私の話？　というくらい相手の症状が自分の症状と同じで思わず笑ってしまった。

検査をしても超正常。でも360日身体は絶不調。

単発の派遣をしていたころは長時間の通勤と毎度現場が変わることによる疲労からか、家に着くとスマホの文字を打つ力すら残っておらず、死体のように横たわっていた。

デスクワークになっても、終業前に体力が底を突き、ほとんど仕事ができなくなることがあった。最低1日8時間労働という基準、無理ゲー過ぎる（現在は抜きどころを覚えて終業まで体力を持たせることができるようになった）。

今は総合的に診てくれる病院で睡眠薬や胃腸系の薬を処方してもらい、皮膚科にも通っている。

薬代だけで月5000円以上。診察代も入れればもっとだ。

昨年も酷い頭痛が治らず、検査したりその他もろもろ検査や治療などで医療費がかさみ、会社から送られてきた半年分の医療費の明細を見ると6万円を超えていてぞっとした。

一方、薬を飲まなくても生活ができ、よほどのことがない限り病院には行かないという人もいる。医療費の差も、ほんとえげつないなーと思うことがある。

もちろん年を取ればたいていの人は持病ができ、大病もしたりして人生トータルでみたらまあそんなに変わらなくなるのかもしれないが。

自分の身体って欠陥品だな、と思うことがよくある。

ひどい肩こりや腰痛に悩まされるようになったのは中学生から。

16歳で半月板を痛めて以来、膝はずっと痛い。

## 身体を呪わずに生きていきたい

まだまだ身体の不調は続く。

脂っこいものを思い切り食べられたのは高校生まで。

19歳から胃腸の調子が悪くなり、それ以降ずっと調子が悪い。

25歳くらいから更年期障害の先取りのような症状に悩まされ始めた（甲状腺の異常を疑ったが検査しても問題なし）。

先日は皮膚炎で顔が腫れ上がり、食事に気を使うようになった。

20代だが症状だけ見るとまるで中年か高齢者である。

会社で50代くらいの上司と、膝の痛みの話で意気投合。中年の健康相談の記事を見ると症状にいちいち共感してしまう。

よく、30〜40代の人が、「20代の時みたいに無理がきかなくなった」「今は胃もたれするしオールもできない」という。

でも私からしたら、徹夜は20代でも無理、胃もたれはハタチ手前から。「無理がきいた」時は人生で存在せず、「若さ」を引き抜かれた状態で、中年の身体に取り替えられたような感覚で生きている。

そうは言っても、もちろん私以上に大変な人もたくさん知っているし、大病を患ったこともない、あちこち故障しながらとはいえ、フルタイムで働き、さらには副業までできている。

そして短時間しか作業できないディスアドバンテージを埋めるべく、マッハでタイピングしたり隙間時間で企画をいくつも立てたりするという技を習得できたりもしているのは、ある意味、恵まれた点かもしれない。

欠陥品ではあるが、この身体と付き合っていくしかない。

最近も、自律神経を整える方法を調べたり、ストレッチをしたり、自炊を工夫して身体にいいものを摂るようにしたり、不調を減らしていく方法を探っている。

呼吸が浅いと頭痛になりやすかったりすると聞いて、自分を観察してみると、身体がガチガチで、呼吸しようとしても深く息を吸えていないことに気づいた。それからうまく呼吸できるようトレーニング中だ（結果、変化は得られなかった）。

身体が弱いがゆえに悔しいことを数えたらキリがない。

それでもなんとか、この身体を呪わずに生きていきたい。

（23年2月17日）

# 優先席の権利を誰が決められるのか。

## 美談とされる話にギョっとした

先日、「電車の優先席で『ここはあなたが座る席じゃない』手足3本失った男が注意されるも　感謝したのはなぜなのか」（『J－CASTニュース』23年7月2日付）という記事を目にした。

事故により両足と右腕を失った人が優先席に座っていたところ、義足が見えなかったのか、他の乗客から「ここはあなたが座る席じゃない。違う席に移りなさい」と注意されたそう。そこで、障害者手帳を見せたところ、注意してきた人は謝った。この記事で気になったのは以下の部分。注意された人は注意してきた人に「感謝」を伝えたのだという。「優先席に座っていて気になった人に声をかけるという女性の行動が素晴らしいな、と僕は思いました。注意した相手がたまたま障害のある僕だったので謝られてしまいましたが、この女性のような人がいると、優先席が必要だけど立っている人が座れる機会が増えると思ったからです。

その女性が今後、同じような場面で発言しづらくなったら困るので、『あなたのように注意してくれる人のおかげで、本当に座るべき人が座れることもあります。声に出していただいてありがとうございます』とその時感謝を伝えました」

この記事に、いい話、ほっこりというコメントもついていたが、私は正直ギョっとしたし、ゾっとした。

この話が美談として成立するのは、視覚的に分かりやすい障害のある人と、見た目で優先席に座るべき人かどうか判断したい人の間だけで完結しているからだろう。

注意された人が身体障害者で、手帳を持っていたから誤解が解けたが、そうでなかったらどうだろう。どうやって障害や疾患を説明すれば、注意してきた人は納得するのだろう。

この記事の続きで、「僕のような身体障害に限らず、見た目では分かりづらい障害がある人、様々な理由でヘルプマークをつけている人、マタニティマークをつけている人など、優先席が必要な人はたくさんいます」とあるように、優先席を必要としているのは見た目で分かりやすい人だけではない。

優先席のマークには、杖を持った人、妊婦、松葉杖をついた人などが描かれているが、実際はそれに当てはまる人だけではない。障害の中では身体障害は目に見えて分かりやすいが、見た目では分かりにくい障害だってたくさんある。逆に、お年寄りでもフルマラソンに出たり登山をしたりと、若者くらい健康で体力のある人もいる。

一方、見た目は健常者そのものでも、例えば心臓などに疾患を抱えていたり、病気を持っていて長時間立つことが難しい人だっているだろう。妊婦だってお腹が出ていない時期、マタニティマークを付けていなかったり、見えなかったりすれば、普通に健康な人と判断されてしまう可能性も大いにある（お腹が大きくても譲らない人が多いのがこの社会の現実だが）。

そう思った時に、「優先席に座るべきでない」と判断した人に「注意する」という行為は、暴力的ではないだろうか。その判断材料は外形上の特徴でしかなく、どこまでも主観的で、独善的なものだ。もし、見た目に分からない障害や疾患のある人が、日常的に優先席に座る場合、何度か注意されるなんてことがあったら、トラウマにもなりかねない。ヘルプマークもあるが、見落とす人も多いだろう。

## 健常者だって優先席が必要な時がある

さらに、健常者も時には優先席が必要になることだってあるだろう。私も、生理の症状がかなり重く、頭痛と貧血で、外出中に目の前が点滅し、真っ暗になって倒れかけたことが何度かある。予測できたら外出はしないが、朝は元気でも途中から急に酷い貧血に襲われることもある。職場でその症状に見舞われ、電車で帰っている時のこと。意識が朦朧として、つり革になんとかつかまってぐったりしていた。周囲はそれに気づかず、席が空いてもすぐに他の人が座ってしまった。結果的に倒れることはなかったが、帰路が何時間にも感じられた。

電車内で、目の前でおそらく貧血で人が倒れたのを2回程見たことがある。倒れた人はギリギリまで立っていて、突然倒れ込み、目の前に座っていた人がキャッチしていた。もし、その人が座ることができていたら、と考えてしまう。

でもそんな時、優先席に座れるだろうか？　なんとなく優先席はお年寄りや松葉杖をついた人の席、という気がして、私は体調が究極に悪くても座れなかった。さらに、健常者（に見える人）を注意する人に出会ったら、二度と利用しようと思わないだろう。注意まではされなくても、そうやって「お前は座る必要がないだろう」という他人の見た目でジャッジしてくる目が気になるというのが、どれだけ体調が悪くても座ろうと思わない大きな理由だ。

優先席に座る健常者（に見える人）を注意するという行為は、むしろ本当に必要な人が利用するさまたげにもなり得るだろう。優先席に座っていて気になった人に声をかけるという行為を推奨するということは、視覚的に優先席を必要とする人とそうでない人を選別することを推奨するということだ。それはつまり、視覚的に分からない障害や疾患のある人たちが誤解され続け、ありもしない疑いをかけられ続け、不当に注意され続けるということに繋がる。

視覚的情報だけで、本当に優先席が必要かどうか判断できるわけがないのだ。

## 「何か事情があるのかもしれない」という想像力をもう少しだけ

これは優先席だけの話ではない。世間は分かりやすい弱者には比較的配慮をするが、分かりにくい弱者には、怠けているだけ、努力が足りないなんて烙印を押してしまいがちだ。知名度の低い障害や病気、特性のある人は、理解されづらく、配慮もされにくい。それゆえに、疾患からくる、例えばトイレに何度も立つ、急に体調不良で欠席する、集中力が持たない、時間を守れないなどの行動なども、やる気がない、頑張っていないからだと思われてしまうこともある。

もちろん、言ってくれれば分かるのに、ということもあるだろう。だが、自ら説明するハードルは高いし、関わる人全てに毎度説明するというわけにはいかないだろう。これもまた難しいことだが、「何か事情があるのかもしれない」という想像力がもう少しだけ、この社会に必要なのかもしれない。分かりやすい弱者に配慮するという意識は、時に分かりにくい弱者を追い詰め、意識の範疇から追い出してしまう。

例えば、明らかに困っている人がいるのに誰も譲らないといった場合に「〈誰か〉譲ってあげてくれませんか」と声かけすることは必要だと思う。本当になんともない人が優先席を独占して、必要とする人が座れない現状も本当に変わらないといけないと思うが、「見えない事情がある」人がいる以上、自主性に任せるしかない部分も大きい。

一方で、優先席に座っている「健常者に見える人」を注意することは、誰のためにもならず、あってはならないことだと私は思う。もしそんな人に出会ったら、私は「見た目で分からない障害や病気の人もいます。見た目で判断して注意するのはよくないと思います」と伝えたい。

（23年7月3日）

# マイノリティは常に説明を求められ続ける。

## 優先席をめぐる様々な問題

前節で、優先席を必要とするのは見た目で分かるハンデのある人だけではなく、見た目では分からない様々な事情を持った人もいるため、健常者に〝見える〟人に、ここに座るべきではないと注意するのはよくない、ということに触れた。

優先席をめぐる様々な問題が、大きな議論になっている。例えば駐日ジョージア大使の男性が、空いている車内で優先席に座っている動画を投稿したところ、「健康な人は優先席に座るべきでない」「空いていたら誰でも座っていていい。必要な人が来たら譲ればいい」という意見に分かれて大激論となった。

さらに、優先席に20代の女性が座っていたところ、70代の男性が「立て」と怒鳴り、あげく女性の髪を引っ張って暴行を加えるという事件も起きた。

前節の記事を公開した際も、様々なコメントがついた。見た目では分かりにくい疾患や怪我、障害のある人が、見た目では分からないため優先席に座っていると注意されたり、譲って欲しいと頼まれることがあるという体験もいくつか寄せられ、なんとも胸が痛んだ。

寄せられた意見で気になったのは、「健康そうに見える人が優先席に座るのを注意するのは、本当に必要な人に座ってもらうための善意。事情があるなら、注意された時に説明すればいい」「事情を説明すれば分かってもらえる」というものだ。疾患や病気であれば手帳は作れるし、それを見せれば注意してきた相手も納得する、という。

この「説明すればいい」という意見には、いろいろと思うところがある。年に1〜2回しか優先席を利用しない人なら、たしかに健康だと勘違いされても説明すればいいのかもしれない。でも、それが週3〜4回、あるいは毎日となったらどうだろう。これも立場によって、説明するという行為の負担が大きく異なるのではないか。

〝マイノリティは常に説明を求められる〟というのはよく言われることだ。マジョリティがかけなくていいコストを求められ続ける現状について、もう一度考える必要があると思う。

また今回改めて感じたのは、一見同じ属性でも、置かれている立場や意見はまったく異なるということだ。同じ「障害者」でも、身体障害、知的障害、精神障害、内部障害では事情が違ってくるだろう。

障害があっても大抵譲ってもらえるという人もいれば、いつも気づいてもらえず、譲ってもらえない、優先席に座っていると注意される、という人もいるだろう。自分がハンデがあっても支障なく利用できていたとしても、他の人はそうではないかもしれない、という視点が必要なのかもしれない。

また、「現実としてお年寄りが立っているのに若い人が座っている」「優先席に座っている若い人がいたら注意することも必要」という声もあったが、若い人にだって障害や病気はある。その健康だと思われた若者の中にも、どんな事情があるかなんて見かけでは分からない。若い人というだけで、イコール健康という先入観が生まれてしまう。人間とは無自覚のうちに、バイアスがかかってしまう生き物なのだ。〝本当に必要な人のために〟なんて言うけれど、それは自分の尺度だけではかったものだ。まず、自分の判断力を過信しないことが大事ではないだろうか。

## 想像力の重要性

先日、あるユーチューブを見ていたら、「想像力を求めるって暴力」というワードが出てきた。私は日頃から「無いものにされる痛みに想像力を」と言っているし、何かと想像力の重要性について書いてきたように思う。

だから「想像力を求めるって暴力」という言葉を聞いた時、正直まごついた。でも、少し考えたあと、たしかにそうかもしれない、と思った。

優先席の話に戻るが、例えば若く健康そうな人が座っているとして、もしかしたら＊＊かもしれない、＊＊かもしれない、と想像力を持つとはどういうことか。限られた情報から、悟る、察知する、推し量る、行間を読む、空気を読む。それができるかどうかはスキル（後天的に身に付けられる能力）だけではなく、性質に依るところも大きいだろう。

人間の性格や行動というのは、後天的な努力でどうとでもなると思われがちだが、生まれ持った性質の部分も大きい。そして人は自分が持っているものを持っていない人に対して厳しい目で見がちだ。運動神経がいい人はこれくらいなら普通にできると思うレベルが高いだろうし、勉強ができる人は簡単な問題が分からず投げ出す人になんでこれくらいもできないんだ、粘る力が足りないと思うだろう。努力の前に生まれ持った性質の部分で大きく差がついていることに、なかなか気づけないものなのだ。

そう思うと、想像力というのも、努力次第でどうとでもなるものではなく、本人がどうしようもない部分も大きいのではないかと思ったりした。想像力が足りない！　と非難する側もまた、想像力が足りないのかもしれない。

とはいえ、優先席が象徴的なように、人と人が共生していくためには、自分の引き出しにある材料だけで人を決めつけず、もしかしたら、という余白を持っておくことは必要なことだ。人が持つ様々な事情のカードを増やすことで、先入観をゆるめ、思いやる余裕が生まれるかもしれない。そういった意味で、見えづらい困難を可視化していくことは意味があるはずだ。
きっと「想像力が持てない」にもいろいろあって、単純に「知らないだけ」というのも大きいのだと思う。想像力が性質とスキルでできているなら、スキルの部分は「知ること」で育てることができると思うから。

（23年7月7日）

# 人づき合いに必要な〈食べる〉ということ。

## 4年ぶりの酷い胃腸炎

4年ぶりに酷い胃腸炎になった。腹部に激痛が走り、布団の上で唸りながらのたうち回る。顔中が火照《ほて》るのに、手足はだんだん氷のように冷たくなっていく。前に行ったことがある胃腸内科にどうにか電話をかける。痛みでほとんど会話にならなかったが、お盆休み明けで混雑しており、1時間は待つという。

病院に行こうにも待合に座っていられない程の痛み、さて、どうするか。こういう急病には慣れているので、#7119に電話する。何とか家の近くの大きな病院が見つかった。処置室でも点滴を打ちながら、痛みで身体がのけぞる。身をよじらせ、絶えず動き回っていたらしく帰りがけ看護師さんに「七転八倒だったね。尿路結石かと思った。尿路結石の患者さんもそれくらい痛がるから」と言われる程だった。

4年前は、その後の血液検査で肝臓の数値が悪く1週間程入院。そしてさらにその4年前にも酷い胃腸炎になった。4年ごとにやってくる胃腸炎、オリンピックかよ、と言いたくなる(全てウイルス性ではない)。胃腸炎といっても重さは人それぞれで、数日経てば日常生活に戻る人もいるというが、私は毎回、症状がこれでもかというくらい続く。

1回目の時はその後ご飯がほとんど食べられなくなった。スプーン1杯の豆腐でも気持ち悪く、ドロドロのお粥などを食べ、お茶や水も飲めないのでお白湯をちびちび飲んだ。完全に普通食に戻るのに何年もかかった。胃カメラ等の検査でも異常は見つからず、「ストレスだろう」と言われるだけだった。今回はそこまでではなかったが、やはり1週間経ってもお粥やフルーツだけ食べても胃が痛くなり、下してしまうこともあった。

## 食べられない孤独感

私が胃腸炎になる前、父親が食事が摂れなくなり緊急入院した。これは実家の風物詩のようなもので、父は冬と夏は必ず胃腸の調子を激しく崩し入院する。父も私も胃腸が極端に弱く、調子を崩すとあっという間に重症化する。親子でこんなところも似るなんて。

私も高齢になっても父のように体調を崩し続けるのかと思うと、本当に気が遠くなる。胃腸炎の苦しみは筆舌に尽くしがたい。そしてその後の胃カメラもトラウマになるレベルでキツいものがある。胃腸炎と検査のストレスか、数日激しい偏頭痛が続いた。さらに今回も血液検査で引っかかり、再検査をするため大きい病院へ行ったところ、受付から会計まで4時間半かかった。ずっと座りっぱなしだったせいか今度はこれまた持病の腰痛が悪化、座っていられなくなり、整形外科に通院の毎日。2〜3週間して治らなければMRIでヘルニアかどうかを調べるという。

すでに一連の検査などで医療費は数万円に達している。病気が病気を呼び、一体どこまでかさむかと恐ろしい。しかし、私は数ヵ月に1回こういうあちこちが一気に悪くなることがあるので、少しは慣れている部分もあるが、やはり毎回とても疲弊する。

こんな調子なので、20代になってから、常に胃腸の調子が悪い。もはやこれがデフォルトだ。困るのが会食で、調子がよくなってから、なんて言っていたら、数ヵ月後、いや数年後になるかもしれない。それに、ご飯を食べることそのものより、場を共にしてお話しすることが大事だと思っているから、できるだけ参加して、食べられるものだけ食べるようにしている。

大学生の時、お金がないからと飲み会を断っていたら、2年間友達がほとんどできなかった。人間関係を築くには飲み会に参加することが欠かせないと痛感し、参加するようになって、一気に友達ができ、大学生活に彩りが生まれた。居酒屋では冷ややっことうどんしか食べられなかったが、それでも食事の場を共にすることには大きな意味があった。

想像以上に、食事の場はコミュニケーションとして機能している。人と会うと、ちょっとお茶する、ランチをする、飲みに行くというように、ほとんどが食を介するのだ。みんながが食べるものを食べられないがゆえに、私がいるだけで気を使わせてしまう、そう何度も思ったし、いつも自分だけ食べられない孤独感を味わう。

## 何気ない優しさに救われる

忘れられない出来事がある。

あるイベントに行った時、急遽打ち上げに誘われた。胃腸の調子が特に悪かったが、話したい人もいたので参加した。その時同席した初対面の人が、私が食べられないと知って、「冷たい飲み物より、温かい飲み物がいいですか」と声をかけてくれた。円卓を囲んでいたが、みんなにお皿を配る時も、「とりあえずお皿だけ置きますね」とさりげなく声をかけてくれた。さらに帰り際、「ヒオカさんは食べられないのに私たちだけすみません。元気になったらおいしいものをたくさん食べてください」と言ってくれた。気を使わせて申し訳ないという気持ちにもちろんなったが、なんというか、その優しさがとても沁みた。きっと普段から心配りができる人で、自然とそういう振る舞いができるのだと思う。

相手にその気はないにしても、私には、「あなたの痛み、孤独をちゃんと分かっていますよ、受け取っていますよ」というメッセージにも感じられた。なんだか慰められたような気がしたのだ。

原因も分からない、終わりも見えない、自分でも呪いたくなるような、途方もなく長引く不調。この感覚は自分にしか分からなくて、ずっと我慢し続けるしかない。そう思っていた。だからこそ、何気ない優しさにとても救われる思いがしたのだ。

（23年9月1日）

III

# 愛について

# 「稀代のおしゃべりすと」柚木麻子さんとついに対面。

## 柚木麻子さん現る

書き手をしていると、反響が大きいとその分よからぬ反応も来て、時にズーーんと沈むことがある。

最初のころは、ひとつひとつにいちいち反応して、傷ついてしまうこともあった（とはいってもまだ3年目。いまだに傷つくことはもちろんある）。

ある時、記事が大きな反響を呼んだことがあった。すると徐々に過激な嫌がらせも来るようになった。そうなると、共感や応援のコメントの喜びはかき消えてしまい、殻にこもって、怯えるようになる。

そんな日々が続いたある日。先輩ライターからメッセージが入った。

「ヒオカちゃんのあの記事、柚木さんがＣｌｕｂｈｏｕｓｅですごい褒めてたよ」

ん？　んんん？？？

柚木さんって……あの柚木さん？

これは夢なのだろうか。何度も画面を確認する。

柚木麻子さんは、小説でヒット作を次々に生み、直木賞候補にもなった売れっ子作家さんである。

なにゆえー？

私の記事を？　読んでくれて？

褒めてくれてる？

その時期は、今は見なくなったＣｌｕｂｈｏｕｓｅが流行っていた。ゲリラ的にトークルームが立ち上がり、招待を受けてそこに入ると会話が聞けたり、トークに参加できたりする。

そこで私は神出鬼没の柚木さんと遭遇する機会を窺うことにした。

知り合いの間でも、「柚木さんのＣｌｕｂｈｏｕｓｅはどんなに忙しくても聞いてしまうくらいおもしろい」と話題になっていたので気になっていた。

## 芸人顔負けのトーク

そしてついにその時が来た。友人が招待してくれたのだ。

トークルームに入って、そっと会話だけ聞くつもりだったが、入った瞬間、

「待って⁉　ヒオカさん来たんだけど‼」

と柚木さんがすかさず反応。

まじか。柚木さんに呼ばれた。

すぐさまスピーカーに引き上げられ、お話しすることに。

「ヒオカさん、記事読みました。すごくよかったです」

本当に読んでくれたんだ。

その後、記事をまた褒めてくれ、落ち込んでいることを話すとめちゃめちゃ励ましてくれた。

柚木さんのトークは、本当にうまい、面白い。

芸人顔負けの超絶話術。

マシンガントークで、どっとわかせる。

落語を聞いているのか？　と錯覚してくる。

ふらっと柚木さんのトークルームに入ると、いつも独壇場である。

ある時は、作家で食えなくなったら、紙芝居屋に転職する計画の話をしていた。

いや、柚木さんが売れなくなるとかありえない、と思うけれど、水あめで子どもをつる作戦とか、ご本人は超真剣に紙芝居屋として成功するためのプランを練っていた。

そしてある時はトークルームでカラオケ大会が開かれていて、めちゃくちゃ陽気に何人かで歌っていた。素面だろうに、スーパーハイテンションだ。

柚木さんの話を聞くと、なぜだか数分でこちらが元気になってしまう。

ラジオのレギュラーを持っていないのが不思議で仕方がない、「稀代のおしゃべりすと」である。今まで話が面白いのは関西の人だと思っていた。東京出身の柚木さんに出会い、その固定観念が崩れた。

## 初対面なのに親近感

そして、柚木さんと対面する時が来た。

お食事にお誘いいただいたのである。

『東京カレンダー』に出てくるようなお店いこうよ」と柚木さんは電話の向こうで不敵な笑みを浮かべた（のが見えた気がした）。

実際に行ったのは、もっと落ち着いたお店。

新宿のビルの14階に、朱色のセーターを着た女性が現れた。

すぐにそれが柚木さんだと分かった。

「こんにちは！　ごめんねお待たせして。柚木ですー！」

初めてお会いしたのになんだか親近感がわく。

見た目から動きから、全てが童話から出てきたみたい。絵本でいうと『わかったさん／こまったさん』シリーズのタッチ。

あ、でもジブリっぽさもある。ジブリに出てくる、口を大きく開けて豪快に笑い、主人公をなにかと励ましてくれる系のあの感じ……！

音声で聞いても情報量が多く、迫力がすごい柚木さんだったが、実物はもっとすごかった。気を抜くと、何の脈絡もなく寸劇が始まる。いや、ミュージカル……？

コロナ禍前によくひらかれていたという文壇の人々が集まるホームパーティーの話では、想像の50倍は濃密な、キャラの濃すぎる作家たちとのエピソードが聞けた。

その中にはよくテレビで見かける人や芥川賞を受賞した人もいるのだけれど、お堅いイメージとは裏腹にかなり陽気な人が多いらしく、奇想天外な言動の数々に、柚木さんの話だけで本が1冊書けそうな面白さである。

帰りのエレベーター内で、柚木さんが「今日何曜日だっけ？」と聞いてきた。土日休みではない私は曜日感覚がゼロ。でも今朝たしかごみを出した。ごみの日は週2回。

さぁ、どっちだ？

「き、金曜日じゃないですか？」

「そっか、金曜日か！」

同乗した人たちがなにやらモゾモゾ耐えている。ついにひとりが、「今日、火曜日ですよ」と微笑む。全員がどっと笑い、柚木さんと私は赤面。

初対面の人たちとも、こうしてすぐ壁をこわしてしまうような、そんな不思議な魅力が柚木さんにはある。

商店街で歩いていたら、きっと声をかけたくなってしまうし、老若男女問わず、犬猫にだって等しくにっこり「あら、元気？」なんて話しかける柚木さんがすぐ頭に浮かぶ。柚木さんはリズミカルに世界をこわし、染め上げていく人だ。こわす、というと空気をこわす、みたいに悪いイメージを持つかもしれないが、柚木さんに限っては違う。

退屈な世界や他人行儀で遠慮がちな関係性をこわすのだ。

柚木さんがいると日常が舞台になる。華とユーモアをまとった不思議な、そして愉快な人。

「あなた売れるから、今のうちに歯医者に行っておきなさい！」とアドバイスされた。忙しくなると歯医者に行けなくなるかららしい。「歯は大事！」と力強く言われた。独特なアドバイスだ。

「私なんてぜんぜんです」

「悪く言われることも多いし」

私は基本超ネガティブなのでいつもそんなことを言ってしまうのだが、私のネガティブさを吸収、もはや握りつぶして、3倍くらいのエネルギーで、

「ヒオカさんは大丈夫よ！」

と励ましてくれる。

今のところ柚木さんの予言みたいに売れてはいないけれど、こんなに愉快な出会いがあるなんて、書き手になってよかった。生きていると何があるか分からないものである。

（22年6月24日）

# 人生ただ1冊の〈デビュー作〉ができた!

## 「分断にお湯をかけたら溶けるかな」

2022年11月10日に、デビュー作『死にそうだけど生きてます』(CCCメディアハウス)と、柚木麻子さんの初のエッセイ『とりあえずお湯わかせ』(NHK出版)のW刊行記念トークショーを開催した。

イベントのタイトルは「分断にお湯をかけたら溶けるかな」。柚木さんのご著書に、「とりあえず、この沸いたばかりのお湯をぶっかけよう」というフレーズが出てくる。それにかけて、うんざりするようなこの世の分断にもお湯をぶっかけるぜ! 的なニュアンスと、沸いたばかりのお湯くらいの熱いトークを届けるぞ、という意思を込めた。

「デビュー作」は誰にとっても人生で1冊だけ。その刊行イベントだから、私の作家人生にとって特別なものとなるに違いない。それを大好きな、そして尊敬する柚木さんとご一緒できるのだ。

刊行記念イベントは大阪と東京での全2回だった。西のアルテイシアさん、東の柚木さんという作家界を代表するおしゃべりすと（芸人さんと張り合えるトークスキルをお持ち）とできたのは、振り返っても幸運だった。

本を1冊出すというのは、かなり力がいる。途方もない（ってほどでもないけど）工程もかかる。そうやってやっと刊行できたデビュー作を祝う記念すべきイベントに、ここまでくるのにお世話になった方々を呼びたい！　と、何名かに連絡して来てもらえることにもなった。

しかも、以前取材した尊敬する教授の方をダメもとでお誘いしたら、なんとオンラインで参加してくださるという。また、海外からもオンライン参加してくれた読者がいた。

楽しみであると同時に、当日はなんだかとても緊張した。でも、そんな私の隣で、柚木さんは作家歴12年の落ち着きと風格をただよわせ、どっしりとかまえつつ、近所のお友達の家に来たくらいの感じでごくごく自然にそこに座っている。そして、緊張し、いろいろとあわただしく準備する私をやたらとひたすら心配してくれた。

「もう！　ヒオカさんは動き過ぎ！　1回お茶でも飲んで、落ち着いて」

なんせ人生初のイベントだもの。どうやら肩に力が入りすぎていたようだ。

トークショーは進行役はなし。タイムスケジュールなんかもなく、とにかく2人でしゃべくるというもの。

話す内容は一応打ち合わせしましょうと申し出たが、決めなくても大丈夫だよ、と柚木さんは言った。その言葉には確固たる根拠がある。柚木さんは何をしゃべっても、その場にいる人を夢中にさせてしまう力を持っているのだ（とはいいつつ、一応本当にざっくり事前にこの話題は外せないね！　とかは話した）。

## 全身の血が沸き立つようだった

さて、こういうのって、出だしがめっちゃ大事だ。いかに空気をあっためられるか。スタッフから「ではおふたりお願いします」と言われ、私はとりあえず言葉を発した。でもやっぱり緊張が抜けていなかったらしい。お客さんとの距離が割と近くて、それもまた緊張する。

でも、稀代のおしゃべりすと、柚木さんは凄まじかった。

開口一番からエンジン全開。場を完全に掌握する。空気を一瞬で作り上げる。表情豊かに、情感を込め、引きのある話をばんばんしてお客さんを一気に巻き込む。その話術、引き出しの豊富さ、場づくりスキルは圧倒的。なんだこの凄まじいエネルギーは。

柚木さんが規格外のおしゃべりすとであることはもちろん知っていたが、イベントでもしょっぱなから突き抜けている。もはや芸術だ。職人技とでも言おうか。

そんな柚木さんと掛け合いをしているうち、私の中からもマグマのようなエネルギーが湧いてくる。

そう、私は人見知りなのだが、素はめっちゃしゃべり倒す系の人なんです。

大学生時代は下戸のくせに飲み会を毎回一番盛り上げ、ひとりでボケまくり、「宴会番長」「カルピスで酔える女」の称号を手にした。

母から、「あんたを口先から産んだ覚えはない」と何度も言われた。それくらいとにかくしゃべる人間なのだ。「ほんとようしゃべる」となんど呆れられたことか。

そんなおしゃべりすとヒオカの顔が、マインドが、柚木さんのまさに沸騰したお湯のように熱いトークで呼び覚まされる（参加していた友人に、最初はたしかにめっちゃ緊張してたけど、途中からヒオカも柚木さんに張り合っていたよ、と言われた）。

記憶が飛ぶんじゃないかと思うほどに、興奮した。柚木さんの機関銃のような、演劇のような、漫才のような、笑えて共感できて「そうだ、そうだ」と何度もうなずき、時にハッとさせられる、そんなトークを横で聞いていると、これはもう歴史的瞬間に立ち会っているんじゃないか、とすら思えてくる。

柚木さんのエネルギーがお客さんにも波及し、お客さんもそれに呼応し、会場は熱気を帯びる。まさにお湯が沸いた時のやかんのピー！　っという蒸気、熱湯の表面に躍る水の玉のような、そんな高揚感がぎゅんっぎゅん。ボルテージは最高潮。リアル開催だからこその臨場感、その場で生まれるエネルギー、一体感。全身の血が沸き立つようだった。

## この瞬間のために頑張ってきたのかもな

そして、トークが終わってからのサイン会もまた印象的だった。

実は私は、サインだけは絶対したくなかった。ちょっとひねくれやろうなのと、自己卑下するタイプ。

「私のサインがほしい人なんかいるわけない。ってか、サイン書きますよ？　とか口が裂けても言えない。だってまだ新人だよ？　ねえだれが私のサインなんかほしいの？　私レベルでサインやりまーすとか言ったらめっちゃ痛いじゃん！　無理無理無理無理！」

とひとりでぐーるぐる。湯船に浸かりながらずっと独り言。

でも、自然の流れでやっぱりサインはすることになり、しかもたくさんの方が並んでくれた。

ありがたいことに、店舗にあった著書の在庫は完売し、買えない人までいたんだとか。

「電子書籍でも買ったけど、紙のほうも買いました」

と言ってくれる人もいたし、

「次の本が今から楽しみです！」と言ってくれる人もいたり。

サインをしている間、みなさん本の感想を切々と、時に滔々と語ってくれる。それぞれの人生と私のストーリーが交錯し、感じるものが溢れて、まとまらないのだという。ただ、胸の奥深くで、何かを感じてくれたことが伝わってくる。そしてそれを伝えようとしてくださることがまた嬉しい。

とにかく直接感想をもらう機会なんてないもんだから、おひとりおひとりと話す度、胸の奥がじんわりあたたかくなって、泣きそうになる。

書く過程はめちゃくちゃ孤独。章ごとくらいに編集者さんからフィードバックはもらえるけれど、それ以外は本当にひとりで考え、書き続ける。

でもこうやって、感想をもらい、やっと「私が書いた本、ちゃんと届いたんだ！」という実感がこみ上げ、やっと本を出した実感や、書いてよかったという思いをかみしめられた。

対面のイベント尊すぎるやないかい。

この瞬間のために頑張ってきたのかもな、そんなことを思ったりした。

ちなみに、柚木さんの『とりあえずお湯わかせ』は本当に珠玉のエッセイだ。その書評はまた書きたいと思う。

肝心のトークショーで話した内容も、考えさせられることばかりだったのでどこかで書きたいと思う。

そして、今回参加してくれたまだ書き手になる数年前からの友人がかけてくれた言葉が印象的過ぎたので、それは次に書きたい。

って今回のイベントだけでどれだけ書くつもりやねん。

でも、それくらいあまりに尊く、私の意識に大きな変革をもたらした、貴重な貴重な夜だった。


(22年11月25日)

# 肩書きや経歴で人を判断しない人たちに生かされてきた。

## 「人生詰んだ」状態

「ヒオカちゃんはさ、出会った時から何も変わってないよ」

初の著書の刊行イベントに来てくれた友人（仮にAさんとする）はそう言った。

Aさんと出会ったのは2年と少し前。執筆業を始めたか始める前かくらいのころで、その時の私は、職なし家なし（定職に就けず、シェアハウスを転々としたり、友人宅に居候していたりした）。

転職活動ではボロボロだった。

「あなたには市場価値はないんですよ」

「土俵にすらたってないんです」

「書き手になりたい？　趣味でやってはどうですか？」

キャリアアドバイザーや転職エージェントからはそんなことを言われ、面接も惨敗。受かるのは超が付くブラック企業ばかりだった。

劣悪なシェアハウスの住環境で体調を崩し入院。口座の残高はすっからかんになり、まさに「人生詰んだ」状態で、その時の私は、「ボロ雑巾《ぞうきん》」だったと自分で思う。

「社会から必要とされていない」、そんな烙印を押され、上京してそんなに年数も経っていなかったので頼れる人も仲間と呼べる人もいない。家でもハウスダストアレルギーになったりシェアハウス内の人の奇行に悩まされ、まともに眠れず気の休まらない日々。

そんなころ、出会ったのがAさんたちだった。

私は、転職活動でぼろっぼろになりながらも、とにかくいろんな人に会いまくっていた。働き方や就活のコツなども聞きまくった。

名刺も持っていなかった漂流中の私でも、なぜか対等に接してくれる人たちがいた。みな、私からすれば〝住む世界の違う〟人たち。正直肩書きを聞いただけでビビった。

でも、肩書きや年齢、バックグラウンドなんて関係なく、「ひとりの人間」として接してくれた。

## バックグラウンドは強み

Aさんは、私の生い立ちを聞くと、僕たちには経験したことのない世界で、そういうバックグラウンドは強みだ、というようなことを言った。

　これを文字だけで書くと、貧困育ちをそんなふうに言うなんてと思われるかもしれないけれど、私はそう言われた時、腫れ物みたいに扱われなかったことへの純粋な嬉しさや、隠し続けなくて、負い目に感じなくていいんだという発見で、すごく驚いた。それはとてもいい意味で。

　同じ言葉を言うにしても、その人の心根というのは伝わるものだ。

　Aさんの人を大切にし、敬意を持って接する、そしてとても優しい、そんな人柄あってこそ、私の生い立ちが強みだという言葉がまっすぐ届き、心境の変化に繋がったのだ。

　今、書き手になって思う。

　人と違うということは、他の人には絶対に経験できないことをしているということで、他の人には見えない景色を知っているということなのだ。それはたしかに強みなのだ。

　もちろん、普通からはみ出ることで避けられない困難や痛みはあまりに大きい。自分が歩むものとは違う、普通の人生を今でも夢に見る。

　でも、生い立ちは変えられない。

　その生い立ちを負い目に感じるのは苦しい。

　だから、Aさんの言葉は、私を前に向かせてくれた。

## 点と点が繋がった

シェアハウス暮らしで心身ともに限界が来た時、ひとり暮らしにかかる具体的な費用を計算し、後押ししてくれたのも、ライターになって初めてヤフーニュースに記事が転載された時、たくさん誹謗中傷を受け、食事がのどを通らないほど、メンタルが落ちまくった時に、「死にたいくらいなら、ご飯でも食べようよ」と食事に誘ってくれたのもAさんたちだった。

その時は、事情は詳しく話していないけれど何かを察してくれたようで、ただそっと一緒にいてくれ、普通にご飯を一緒に食べ、何かあったら言ってきてと言ってくれた。何も感じなくなっていた心に、その優しさがしみ込んだ。

あれから2年あまりがたち、私は自分の生い立ちをまとめた本を出した。

あの時からすれば、連載を持てるようになったり、ひとり暮らしできるようになったり、もちろんまだまだ途上とはいえ、周囲の環境は大きく変化した。

だから、「ヒオカちゃんはさ、出会った時から何も変わってないよ」

その言葉にとても驚いた。

え？　変わってない？　嘘やん！　みたいな感じで。

思えば不思議だった。なんであんなボロ雑巾だった私なんかに優しくしてくれたの？

何人もの人に間接的に何度も言われた。

「あなたには価値がない」

何度も可能性を否定された。

「ライター？　無理だよそんなの」（そう言った人は文章を一度も読んでくれなかった）

でもAさんは言った。

「あの時から、野心が見えてた。かっこよかったよ。周りに見る目がなかっただけで、ヒオカちゃんはずっと正解だったんだよ」

その言葉を聞いて、面食らった。

自分はボロ雑巾でしかない、と思い込んでいた。

でも、Aさんやあの時私に対等に接してくれた人たちは、私自身でも分からない、外見や表層だけではない何かを見ていてくれたのかもしれない。

思い返せば、今でも付き合いのある当時からの友人は口をそろえて言っていた。

「なんかヒオカちゃんは大丈夫な気がするんだよね」

仕事も決まらない、住居だって安定しない。こんなに大変なのにどこが「大丈夫そう」なの？

戸惑ったし、寂しくもあった。

でも、「大丈夫そう」「なんか持ってる」はたしかに、地元にいた時から親友の親御さんや、取材を受けた数人の編集者さんから言われた言葉だ。

渦中にいた時はその言葉の意味が分からなかったが、イベント後のAさんの言葉で、点と点が繋がった気がした。

私は、肩書きや経歴で人を判断しない、利害で付き合ったり切り捨てたりしない、そんな人たちに生かされてきた。

だから私も、そんな人間でありたい、いや、なりたいと思う。

改めてそんなことを思う出来事だった。


（22年12月9日）

# 知識や情報、文化。無形のものを与えられて生きる意欲を得た。

## 情報は向こうからはやってきてくれない

貧困問題を知って、何かしたいと思った時に何ができるかという質問を受けることがよくある。寄付は少額からできるし、理念に共感できるものがあったら応援することもとても大事だと思う。そして寄付などの直接的な支援以外にも、できることがたくさんあると私は思っている。

私自身、嬉しかったのが、知識や文化という無形のものをもらったことだ。貧困とは、衣食住という物質的な貧しさだけでなく、「情報や文化的な豊かさ」が乏しいことでもある。この社会では制度や仕組みを知らないだけで、損をすることがたくさんある。例えば、入院したり手術を受けた際、高額療養費制度や医療費控除などの制度を知っているかどうかで大きな違いが出てくる。

「そんなことは知っていて当然だろう」と思う人もいるだろうが、教えてもらえるわけでもないので基本的な制度さえ知らない人はいる。「知っていて当たり前」の範疇は意外に大きく個人差がある。自分にとっては当たり前の情報でも、他者にとっては驚きであり、有益だったりする。

私は入院した時、大部屋が空いていなくて2人部屋に入ることになり、1泊2日でベッドの差額8000円を請求されて支払った。この体験を記事に書いたところ、病院都合の場合は差額代は払わなくていいという情報がたくさん寄せられた。いったんは請求されるが「病院都合だから払わなくていいですよね？」と一言言えば請求されないのだと言う。逆に、言わなければそのまま支払わされるというわけ。

預金残高もわずかで、8000円はなけなしのお金をはたいたものだった。この知識が当時あれば、どれだけ救われただろうかと思うと悔しくて仕方がない。

他にも、大学の入学金の納付は、遅れれば合格取り消しになるので人生を左右する大きな問題だが、入学金は奨学金の支給より前に納めなければいけない。大学に相談すれば分割にしてもらえたり、待ってくれることがあるという。この知識があるかどうかで、負担も大きく変わってくるだろう。

情報が溢れている時代とは言え、有益で重要な情報は向こうからはやってきてくれない。困窮している人に対して「いろんな救済制度があるのに使わないほうが悪い」という意見もある。だけど、情報を探すのはとても労力がいることで、今日を生きるのに精一杯の人にはなかなか難しい。

比較的余裕のある人ほど、情報を捕まえるのが上手かったりするから、情報をシェアすることは、お金や物をあげるのと同等か、それ以上の価値があると思う。お金のリテラシーは自分で身につけるのはなかなか難しい。どんな保険に入るべきか、節税はどうすればいいか、などの知識をシェアしてもらうことは、大きな財産になる。

## 生活を少し豊かにする術

思えば、私が格安シェアハウス生活から抜け出せたのも、周囲がお金に関する知識をシェアしてくれたからだ。家賃は収入の3分の1に抑えたほうがいい、初期費用はこれくらいかかる、とはいえ東京で安全に暮らすなら家賃は×万円を下ってはいけない、などいろいろと計算して教えてくれて、踏み切れない私の背中を押してくれた。その結果ひとり暮らしの安定した住居を得て、生活は随分落ち着いた。

お金をかけるべき家具や家電の情報も、私にとっては大きかった。

例えばワークチェアや寝具はいいものにしたほうがいい、ということ。最初はケチってしまって、腰や首が痛くなって大変だった。一日のうち長くいる空間にはお金をかけたほうが結果的には医療費も抑えられるしＱＯＬが上がると聞き、思い切っていい椅子を買ったら、たしかに腰痛がかなり軽減された。また、いいものは壊れにくく保証期間も長いので、安いものを買ってすぐ壊すより長期的に見れば得をする（もちろん、そうは言っても、お金がなくて買うのが難しいことも多いが）。

さらに、私がもらったのは、情報や知識だけではなく、生活に彩りを加え、少し豊かにする術《すべ》だと思う。美味しいカフェやお土産。無料のイベントや体験講座。そういうことを教えてもらうことで、生活が少し豊かになる。また、いろんな人からお土産をもらって、もらうと嬉しい手土産がどういうものか、少し分かるようになり、人と会う時は何かささやかなものを持っていくようになった。

## 肯定してくれる人との出会い

さらに、エンパワーメントすることも、情報や生きる術をシェアすることと同様に、相手の大きな力になる。

柚木麻子さんに、「ＧＵＣＣＩを着て貧困を語りなよ」と言われたことがある。それは、私を呪いから解き放ってくれた言葉だった。貧困育ちだと、自分はずっと豊かにはなれない、という決めつけを無意識に自分でしてしまうのだ（もちろん、世間からそんなメッセージを受け取ることもある）。それが知らず知らずのうちに呪いになっていく。「あなたは豊かになっていい」というメッセージは、私をエンパワーメントしてくれた。

柚木さんは私がどんな野望を言っても、「できる！」と肯定してくれる。そういう人との出会いが、人生を豊かにするのだと思う。私が書き手になったのも「あなたの体験には価値がある」と言ってくれる人と出会ったからだ。自分では気づかない可能性を見出してくれる人との出会いで可能性は開かれていく。

私が貧困家庭で育った体験を書くようになって感じたのは、「貧困家庭で育ったなら、夢なんて持たずに安定だけを求めて堅実に生きるべき」という圧だ。やりたいことを追うなんて考えずに、会社員としての安定を得るべきだという主旨のことを何度言われたか分からない。

貧困層は生き方を制限されてしまいがちだ。何をするにしてもリスクはある。でも、社会が発展し豊かになっていくためには、リスクをとっても、多様な人が挑戦できるほうがいいに決まっている。安全な道を行けと言えば、将来の芽を摘み取ってしまうのかもしれない。「貧困でも夢を諦めなくていい」。そう応援してくれる人がいれば、当事者にはエンパワーメントになり、道は開ける。夢を持つことは、生きる意欲を生む。

経済的な貧困は関係性の貧困とも地続きだ。誰かが気にかけてくれているという事実そのものが、きっと人生を支えてくれる大きな力になると信じている。

（23年8月18日）

# ちゃんみなの『美人』に胸を射貫かれた。

## 他者を救うために書いた初めての曲

ラッパー、シンガーである、ちゃんみなの『美人』がユーチューブの「THE FIRST TAKE」で披露され、大きな話題を呼んでいる。公開後、瞬く間に500万回再生を突破した。

『美人』は2021年に発表された「ルッキズム」をテーマにした楽曲。ちゃんみなが高校生の時、容姿に関するおびただしい数の誹謗中傷を浴びたことがきっかけで生まれたという。過度な食事制限などで体調を崩しながら激やせした際、「綺麗になった」と言われ、「美」に対して疑問を持ったという。普段は自己救済のために曲を書くが、『美人』は初めて他者を救うために書いたそうだ。

そのパフォーマンスを見て、心臓の中心を一突きで射貫かれたような衝撃を受け、今まで抑圧してきた様々な感情が蘇った。

強めで印象的な出だしで一気に引き込まれ、いくつもの声色を操り、時に感情を爆発させる見たこともないパフォーマンスに目が離せなくなる。次々繰り出される独創的で胸を抉《えぐ》られるような歌詞に、息つく暇さえない。そして圧倒的な歌唱力に度肝を抜かれる。衝撃で心と体が震え、呆気にとられた。思わず小さく「やべぇ」という声が漏れる。

この感情を今書きたい。

そんな衝動に駆られ、気が付いたら真夜中に「このテーマで書かせてください」と編集部にメールを送っていた。それくらい、衝撃的なパフォーマンスだった。

ちゃんみなはラッパーでもあり、感情をストレートに表現した歌詞が特徴だ。歌に歌詞をはめ込むのではなく、言葉自体が音楽になっている感じ。

誹謗中傷されていた当時の葛藤を思わせるような表現や、当時投げかけられたであろう酷い言葉も歌詞に載せられている。

「THE FIRST TAKE」の一発撮りならではの臨場感、迫真の表現も相まって、生々しい言葉から苦しみが伝わってくる。インタビューの中で、誹謗中傷した人に対して次のように語っている。

「『でも死んでないじゃん』って言うけど、『死んだんだよ』って言いたいです。私が君たちの言葉を見て、どう感じて、どういう生活を送ってきたのか彼らには見せていないから。もちろん分かってないと思いますけど、死んだような生活を送っていたのは確かなことな

ので」(【インタビュー】ちゃんみな『美人』私は4年前に一度死んだ/『FNMNL』21年4月20日付)

## 異常なほど痩せこけているのに、「綺麗」?

私が思い出したのは、自分が19歳の時、格安シェアハウスの人間関係や劣悪な住環境のストレスでご飯がまったく食べられなくなった時のことだ。あばら骨が浮き出るほどにガリガリに痩せ、BMIも16を切った。

でも、周りからは「スタイルいいね」「モデルみたい」なんて言われたのだ。

当時私は太りたくて仕方がなかった。極端に痩せることがこんなに苦しいことだなんて思わなかった。おしりの肉がなくなったせいで椅子に座るだけでも痛いし、冬は服を何枚重ねたって寒くて仕方がない。

生理も止まって、こんなに苦しくて、異常なほど痩せこけているのに、「綺麗」?

皮肉にも、人生で一番容姿を褒められた時期だった。

ある記事で、「太っていると敬遠されます。体型は努力でコントロールできるもので、太っている人は意志が弱い、怠慢だと思われるからです」(意訳)なんて書かれているのを目にしたことがある。

少し前まで私も恥ずかしながら、体型はコントロールできるものだと思っていた。

でも、今はそれがどれだけ浅はかな考えだったのか分かる。

私は急激な体重減少、体重増加を何度か経験している。

最近は人生で初めて、薬や仕事のストレスで太るということを経験した。お酒は一滴も飲めないし、胃腸が弱いので脂っこいものは食べられない。たくさんの量も食べられない。なのに体重は増え続ける。

元々食べても太らないやせ型のタイプだったこともあり、そんな自分が受け入れられなかった。自分の体型を呪い、妄想の中の「他者からの蔑み」をインストールして、心がどんどん削れていく。

「自分の理想になれない苦しみ」と、「他者の理想からはみ出る恐怖」は別物で、前者はあってよいかもしれないが、後者は精神を蝕《むしば》むことがあるように思う。

それに、食べても太らない人、元々太り気味の人がいて、正直体型なんて、努力の前に元の体質によるところが非常に大きいのではないだろうか。治療や薬、甲状腺の異常、過度なストレスなどの理由で太る人もいる。

それなのにテレビや雑誌では、太っている‼「暴飲暴食が原因」や、「だらしない人」というステレオタイプを強化するような情報が垂れ流されている。

それに百歩譲って怠慢だとして、それを他人がとやかくいう筋合いはない。

平気で「太った?」「痩せたほうがいい」なんて言う人もいるけれど、そんなこと言っていいのは医者だけだ。

## 純度100%の表現者

多様性の時代なんていうけれど、痩せていないモデルは「プラスサイズモデル」という「別枠」で扱われる。ファッション誌のレギュラーモデルは一律にめちゃくちゃ細い。私が読んでいた雑誌のモデルはみな身長が170センチ前後でも公称体重は50キロ以下。一般人が真似したら間違いなく体を壊すような水準だ。

今をときめく女優やアイドルはみな驚くほど細く、ちょっと心配になるような痩せ具合でもそれが「プロ意識」「美しい」と言われる。

そう、考えてみればメインストリームにいる人はみなとても細いのだ。体型だけでなく、その他の面でも、日本における「美」は画一的なところがあるように思う。

ちゃんみなはあらゆる面において今までの「メインストリームにいる人物像」を塗り替えている。彼女の存在はとても新鮮で、規格外で、革新的だ。「美」の多様性を体現するような存在と言えるかもしれない。

アイラインを引く範囲はおそらく日本のアーティストの中で№1だと言えるくらいメイクは強めで、ラップやがなり声を駆使したり、過激で刺激的なダンスパフォーマンスをしたりする。

練馬のビヨンセ、日本のレディー・ガガなんて言われているけど、ちゃんみなはちゃんみな、唯一無二のジャンルを確立している。

『美人』もパンチのきいた歌詞だが、他にも『Princess』という曲では、「その上でわたしに言った言葉後悔したなら体に掘りな」なんて、思っても絶対口に出せないような攻めた歌詞がある。いくらなんでもロック過ぎて惚れる。

ちゃんみなが受けた誹謗中傷がサハラ砂漠なら、私が受けたそれはペットボトルのキャップ1杯分くらいだが、私も心無いコメントやDMで傷つくことがあった。自分をさらけ出すほど、表現するほど、必然的に人の目に触れることは増えて、その分心無いコメントも増える。

否定され続けると、どんどん自分を抑えるようになる。傷つくのがどうしようもなくこわい。どうやったら悪く言われないだろう、そう思って輪郭を削り続け、気が付いたら元の自分の形が思い出せなくなっている。悪いところを削ろうとした結果、自分らしさまでも削ってしまっていた、というオチである。そして皮肉なことに、みんなから受け入れられようとすると、誰にも刺さらないのだ。

表現者であり続けることは本当に簡単なことではない。

でも、ちゃんみなは10代から世の中の視線に晒され続け、酷い誹謗中傷を受け続けてきたにもかかわらず、「自分」がまったく薄まっていない。むしろ尖り続けていて、全開だ。

魂がおもむくほうへ、感覚を研ぎ澄まし、本能に忠実に、能動的に。

まさに純度100%。

反骨心を表現に100%昇華しているのだ。

彼女のよどみなく、守りゼロの超前衛的な表現を見て頭を殴られたような衝撃を受け、忘れかけていた「表現することの価値」を思い出したのだった。

メディアで彼女はよく「若者に受けている」なんて紹介される。「若者」と聞くとティーンから23歳くらいのイメージで、26歳の自分はちょっとお呼びじゃないかな、と気が引けてしまうようなところがあった。

ところがどっこい、気が付いたらちゃんみなの曲を聴きまくり、寝る前の子守歌もちゃんみなで固定。どんな年代にもきっと刺さる曲ばかりなので、ぜひ一度聴いてみて欲しい。

美しさとは何か。これは永遠の問いである気がする。

ただ、ちゃんみなを見ていると、例えば「目が大きい」「細い」「手足が長い」とか、そんな一般的な条件は、たくさんある「美しさ」のほんの一部分でしかないと思える。

美しさとは、「自分に誇りを持っていること」「自分の美学を突き通している様」なのではないかと思うのであった。


（22年5月13日）

# 羽生結弦、ついに訪れた推しのプロ転向。

## 妖艶な表情の破壊力

羽生結弦（以下、敬称略）は、至高の表現者だと思う。

彼はフィギュアスケーターであり、アスリートである。

しかし、スポーツでありながら彼のスケートはどこまでも「芸術的」だ。

私は天邪鬼《あまのじゃく》なところがあって、国民的な人気のある人はそんなに好きにならない。流行りの人が好きってなんだかミーハーな感じがするし、ちょっと距離を置いてしまうのだ。

でも、羽生結弦は別。（笑）

彼の演技は、思わず見入ってしまう、不思議な吸引力のようなものがある。彼が演技前、フッと集中モードに入ると、もう彼以外見えなくなり、思わず息を飲んでしまう。

目の前の出来事は本当に人間界で起こっているのだろうか？　と思うほどに、一つひとつの動きや仕草が美しい。人に対して美麗という言葉を使ったのは、彼がはじめてである。

きっと脳内でイメージしたものが体に伝わる回路みたいなものが尋常じゃなく発達しているのだろう。次々に繰り出される表現の数々は、いつも想像の遥か上を行くものばかりだ。

音楽への並々ならぬこだわりが有名な彼だが、実際、音ハメの技術に関しては右に出るものがいない。音楽と一体となり、もはや彼自身が音楽の化身なのではないかと思うほどだ。


また、表情の振れ幅にいつも驚かされる。

シーンごとに表情や纏うオーラさえがらりと変わるため、本当に同じ人物なのかと思うほどだ。きっと、場やシチュエーション、テーマに合わせ、完璧に完璧にチューニングしているのだろう。

ある時はあどけない少女のように、クリアで純真な雰囲気。

ある時はこの世のかっこいいを集めたような「紳士」として、色気のある、妖艶な表情を見せたりする。ワックスで髪をバックに固め、くっと表情を締めてキリっと前を見据えた時の破壊力たるや。凄まじいものがある。

「ファンタジー・オン・アイス」などのアイスショーで披露している「マスカレイド」というプログラムがある。

冒頭、手足をだらんとおろし、プラプラと揺らした後、グローブをはめた片手で顔の半分を覆うシーン。その瞬間、会場の歓声は割れるほどに膨れ上がりこだまする。顔の半分を隠しているのに、色気はなぜか増し増しで全開。私も思わず喀血しそうになった。危ない危ない。

致死量の魅力・破壊力に、倒れる人が出ないか毎度心配になる。

## こんなに素晴らしい世界があるのなら

北京五輪の代表選考も兼ねて行われた2021年の全日本選手権。羽生結弦にとっては約8ヵ月ぶりの実戦復帰だった。他の選手は直近の大会などにも複数回参加していたため、コンディションの整えやすさは多少違ったかもしれない。

大会にしばらく不在だった羽生結弦だが、久々のショートは衝撃的な復帰となった。

ブランクを感じさせない、そんなもんじゃない。

ジャンプを繊細に、しかし力強くかつ美しく成功させ、スピンやステップの動きの滑らかさ、表現の幅、緩急、あまりに鮮やかで洗練されている。あっという間に、彼の世界に染め上げてしまった。

あらゆる面で、「完璧」そのものだった。

見終わった瞬間、しばらく心臓がバクバクし、恐ろしいものを見てしまった、と体が震えた。もはや放心状態だった。

その完璧さにはもはや狂気すら感じたし、畏怖の念さえ覚えた。

理不尽なことが続いて、悔しさで心が覆いつくされるような日。心が動かず、ずーんと沈んでしまうような夜。

そんな時、羽生結弦の演技の動画を見る。

人間離れした、間違って天界から人間界に生み落とされてしまったんじゃないかと思うほどの演技を見ると、なんだか泣けてくるのだ。

こんなに素晴らしい世界があるのなら、この世も、生きるということも、まだまだ捨てたものじゃないのかもしれない。

表現は時に人の心を慰めるし、心のしじまにスッと入り込んで癒すこともある。

見える世界を色づけることもできるし、気持ちを緩ませることも、力を与えることだってできる。

ならば、自分も自分のできる表現を、もう少しだけ、頑張ってみよう。

そんなことを思わされる。

きっと彼の演技や生き方は、多くの、そんな世界の片隅にいるだれかを救い続けて来たことだろう。

## 努力が報われたかより、努力しきったことが素晴らしい

数々の名言を残してきた彼の言葉の中で一番印象的だったものがある。

3度目のオリンピックとなった北京五輪で、4A（4回転アクセル）に挑戦した後の言葉である。

「正直、これ以上ないくらい頑張ったと思います。報われない努力だったかもしれないけど。確かに、SPからうまくいかなかったけど。むしろ、うまくいかないことしかなかったけど、一生懸命頑張りました」（「4位羽生結弦の『報われない努力』コメントにネット涙『胸がいっぱい』『そんな事ない』」／『THE ANSWER』22年2月10日付）

「報われない努力」

キングオブアイスであり、66年ぶりとなる五輪連覇を果たし、世界最高得点を何度も更新した、いわば一番結果を出してきた人物だと思う。

そんな羽生結弦が、報われない努力もあるということを示唆する言葉を残した。

これは歴史に残ることだと個人的には思う。

メディアは、本当に行き過ぎたポジティブ信仰なところがある。「努力は報われる」とか、「叶わない夢はない」とか、そういうストーリーに持っていきたがる。

メディアに取り上げられるような、一握りの成功者はたしかに努力が報われ、苦労が結

果となって実を結んだのかもしれない。

しかし、現実はどうだろう。努力がかたちにならないことなんて、生きていればいくらでもある。夢だって叶うことのほうが珍しいのではないか。

何十年越しの悲願が叶わなかろうが、途方もない苦労がまったく報われなかろうが、それでも、現実は続いて行く。

多くの人にとって、キラキラポジティブストーリーよりも、そういう泥臭い現実のほうがよほどリアリティがあるし、その中でも生きる姿こそ胸に迫るものがある。

報われない努力だってある。でも、それは悪いことだろうか。報われるかどうかはuncontrollableなこと。でもそこまで努力しきったことは、誰が何と言おうと素晴らしいことなのだと思う。

報われなかったことをまず認め、そこからどうやって生きていくのか。そこにこそ、人の真価が問われるような気がする。

歴史に残る、生きる伝説たる羽生結弦の〝人間味〟を感じる場面は、プロへの転向を表明した時のインタビューの数々の言葉の中にあった。

彼が、誹謗中傷に悩んだことを告白したのだ。

「まあ何回も心がなくなっちゃうっていうか、無としてやってる時とかありました。正直、1番きつかった時は、絶対に忘れないんですけど、言いたくないんですけど。その時は食事もままならなかったですし、正直ほとんど通らなかったし、食べたくもなかった。それでも、演技している間は祈りとか表現したいこととか感情とか、全部のってくれる」（「プロ転向の羽生結弦　松岡修造にきっぱり『テニスで40代でめちゃくちゃ強い人いるじゃないですか』」／『デイリースポーツｏｎｌｉｎｅ』22年7月19日付）

彼ほどの世界的に愛されるスターはそういない。

しかし、同時に多くの悪意に晒され、容赦なく投げつけられてきたことも、また事実である。スターというのは、人々の関心や好意と共に、時に負の感情や嫉みを引き寄せてしまう宿命がある。良くも悪くも人々の心を摑んで離さない。それがスターたる所以《ゆえん》なのだと思う。

大抵の有名人はそれに関して公に言及することはない。何を言ったって切り取られたり、恣意的に解釈されたりする。きっと、言及を避けざるを得ない事情があるのだと思う。

羽生結弦もまた、応援してくれる人に対しての感謝はいつも溢れるほどに口にするけれど、今回のように、「自分の痛み」について率直に口にするのは、少し意外でもあった。

## 完璧と言われる人気者にも孤独な苦しみが

「僕がフィギュアスケートの中に感情をのせられるのは、これだけ4歳から積み重ねてきた基礎だったり、技術だったりのおかげなので、もちろん心が壊れてなくなりそうなことは多々ありますけど、今も。だけど、スケートやってて、皆さんにみてもらうのはやっぱり楽しいなって。でもそれまでの過程は辛いし、過程の中で自分が言葉を発せられない中で何か言われてしまうのは、何も反論できない状態で傷ついたりするのがやっぱり一番きついですね」(同前)

彼ほど好かれ、完璧と言われる人気者でも、言い知れぬ苦しみや孤独に耐える時があって。そして、それを表現へと昇華している。

その事実に、また勇気づけられ、慰められた人もきっと多いのだと思う。私もまたそのひとりである。

彼ほどあらゆるものに恵まれ、努力し、誠実に生きる人であっても。好感度の代名詞のような人であっても。悪く言われる。

ならもう誰だって悪く言われちゃうよね、もう。と、なんだか吹っ切れたりした。

そして、非常に遠い、異次元の存在である羽生結弦も、私たちと同じ人間で、苦しいことも悔しいことも悲しいこともある。そんな毎日を生きているのだ、と知ったのだった。

推しがいれば、いつかは絶対に、推しの引退という日を迎える。

私も、そう遠くない日に、こんな日が来るとは分かっていた。そしていざその時が来たら、自分のメンタルを保てるかとても不安だった。

でも会見で彼が発した言葉は全てが希望に満ちていて、迷いや憂いが入り込む隙間さえなかった。引退ではなく、次のステージの始まりなのだ、という、新たな出発の宣言だったのだ。プロへの転向でアイスショーへの出演が増え、むしろ彼の演技を生で見るチャンスが多くなるのかもしれない。

表現への追求はこれからも続いていく。これからもまた、彼の進化をリアルタイムで見られる。

不安は拭い去られ、応援の気持ちで満たされていった。

直接は伝えられないけれど、言い尽くせない感謝と、新たな門出への祝福と。そして第一線で彼が彼であり続けてきたこと、そのための途方もない過程と、尽くされた努力に対してねぎらいを。

そして幸せと平安と健康を、願わずにはいられない。

会ったことも生で見たこともないけれど、あなたにどうしようもなく救われてきた。

彼の表現を、これからもこの目で見ていたい。

そして叶うならば、死ぬまでに一度でいいから、彼の演技を生で、この目に焼き付けたい。

（22年11月4日）

# 平手友梨奈、強烈な光ゆえにアンチも多いが、彼女らしく輝いてほしい。

## 革新的、革命的、歴史的存在

2022年12月、平手友梨奈（以下、敬称略）がHYBEへ移籍したというニュースが飛び込んできた。しかもHYBE JAPANの新レーベル、株式会社NAECO（ネイコ）のひとり目のアーティストとしての所属。

このニュースを聞いて、抑えられない興奮と共に安堵した自分がいた。

14歳で欅坂46の最年少メンバーとしてデビュー、さらにセンターを務めた逸材。その後、2020年にグループを脱退（本人が卒業ではなく、脱退という表現を希望したという）。その後グループは櫻坂46へと改名。

欅坂46は平手友梨奈センターで始まり、平手友梨奈センターで幕を閉じたのだった。

その後、平手友梨奈はソロアーティスト、さらには女優として活躍の場を広げた。

欅坂46時代から、『渋谷からPARCOが消えた日』では真っ赤な衣装で楽曲を歌い上げ鮮烈な印象を残し、『角を曲がる』では孤独や陰の部分を歌とダンスで見事に表現。Mステでのパフォーマンスは多くの人の心を打つなど、ソロ楽曲でも活躍。

さらに、「2017FNS歌謡祭」で、平井堅の曲『ノンフィクション』に合わせコンテンポラリーダンスを披露し、そのダンススキルと突き抜けた感情表現で脚光を浴びたり、SEKAI NO OWARIの楽曲『スターゲイザー』のMVでは自ら振り付けを担当、Mrs. GREEN APPLEの楽曲『WanteD! WanteD!』のMVでも実に表情豊かなダンスを披露するなど、ソロアーティストとしての存在感、ポテンシャルをいかんなく発揮していた。

欅坂46脱退後は、女優として『ドラゴン桜（第2シリーズ）』（ドラマ日曜劇場）などに出演。

アーティストとしても『ダンスの理由』『かけがえのない世界』を発表。

まず、脱退後も表舞台に残るという選択をしてくれたことが、ファンとしては何より嬉しかった。一方、平手友梨奈はこんなもんじゃない、という思いもあった。

既出の曲ももちろんめちゃくちゃいい。が、たとえばソロライブとか、世界での活躍とか、そういう大きな舞台での活躍が見たいという気持ちがあった。

だから、HYBEへの移籍が決まり、平手友梨奈がその才能をいかんなく発揮できる、最善の環境が整うのではないか、という希望が見え、安堵したのだ。

平手友梨奈は、どんな言葉を尽くしても足りないほど、××年に一度の逸材なんて言葉さえ陳腐に感じるほどの、とにかく革新的、革命的、歴史的存在だと思う。

大所帯のアイドルグループの中にいても、どれほどいかついバックダンサーを従えても、平手友梨奈だけにスポットライトが当たっているように錯覚するような、とにかく強烈過ぎる存在感がある。名前からしてもそうだが、天性の主人公タイプだ。

## 自分の負の感情を背負ってくれているような気がする

平手友梨奈脱退までを追った欅坂46の映画『僕たちの嘘と真実 Documentary of 欅坂46』を映画館で見た時も、本当に平手友梨奈は恐ろしい存在だと思った。

地面に触れた途端消えてしまう淡雪のような儚《はかな》さがありつつも、閃光や雷鳴のようである。眼光の鋭さ、人間離れしたスタイルはもちろんのこと、仕草や身のこなし、表情全て、まばたきでさえもが表現なのだ。

とにかく画面に映ると、ぞくぞくして、体中の血が沸き立つ。そして彼女の姿、機微に釘付けになってしまう。

そんな平手友梨奈を語るうえで強調したいのが、負の感情、人間の陰の部分を投影してしまう、不思議な表現者である、ということだ。

欅坂46のカラーとして、『サイレントマジョリティー』や『不協和音』など、同調圧力や社会の常識に抵抗する、というニュアンスの曲から、可愛いより、かっこいい、の傾向が圧倒的に強かった。

そんな曲のメッセージをこれでもかというほど体現していたのが平手友梨奈だった。

他にも先ほどあげた『ノンフィクション』や『WanteD! WanteD!』、さらにビリー・アイリッシュの『No Time To Die』を披露した時も、平手友梨奈の表現はすさまじかった。『WanteD! WanteD!』は、私が格安シェアハウスで下の住人の奇行に悩まされ、ウィークリーマンションに避難していた時によく聴いていた。安心できる場所がない、明日の生活が見えない。そんな時、彼女が踊る姿を繰り返し見た。この曲のMVでは、いたずらっこのような表情や、自分を抱きしめる時のなんとも切ない表情、海辺での憐憫の表情など、一曲の中でいったいいくつの顔を見せるんだと、思わず唸らされる。

『No Time To Die』は、私が書き手として発信する中で時に誹謗中傷にも遭い、自分を抑え込むようになって苦しかった時に見た。

そういう、人生で辛い時、自分を見失いそうな時、彼女の歌い、踊る姿を見ると、自分の鬱屈とした感情や、孤独、怒り、悲しみ、そういった感情が共鳴し、心が震える。押さえつけていた、押し込めていた感情を爆発させるような彼女の表現を見ると、自分の感情が解き放たれたような感覚になる。

彼女の苦悶するような表情、荒い呼吸やうつろな目。どこかを静かに見つめる横顔、決して満面の笑みではない、静かな笑み、上を見上げる穏やかな表情。それらを見ると、なぜか分からないが、自分の感情を投影してしまう。

まるで、自分の負の感情を背負ってくれているような気がする。こんなふうに自分を投影してしまう存在は、他にはいない。

太陽のような明るさや、にぎやかさ、晴天のような笑顔で元気をもらう人だっているだろう。でも、人間の陰の部分を細密に表現することで救われる人だっている。

平手友梨奈本人がどう思って表現しているのかは分からないし、これは私が勝手にそう解釈しているだけだが、私は少なくとも、平手友梨奈という孤高の表現者に心を奪われ、救われているひとりだ。

## スターは心をつかんで離さない

マスコミの中に絶対平手友梨奈のアンチがいるだろ、と思うくらい酷い下げ記事を出されているが、平手友梨奈の輝きの前では、取るに足らないことなのかもしれない。

ダンサーとしても俳優としても被写体としても歌手としても超一流。さらに素を出すとあどけなく天真爛漫。

つくづくスターというのは、強烈な光を放つがゆえに、人間の奥に眠った感情をあぶりだしてしまう運命なのだなと思う。その感情が正であれ、負であれ。よくもわるくも、人の注目を集めて、心をつかんで離さないのだ。

恐ろしいほどの破壊的な才能を持った人というのは、時には周囲はもちろん、本人でさえその扱いに困ることがある。才能に振り回され、悩まされ、使いこなすのはきっと並大抵のことではない。

それほどの稀有で、超凡で、類を見ない存在。それが平手友梨奈なのかもしれない。

ＨＹＢＥ移籍によって、アーティスト・平手友梨奈のまた新たな姿が見られるのが今から楽しみで仕方がない。欲を言えば、ソロライブが見たい。曲もたくさん出して、また踊っている姿をたくさん見たい。

でも、彼女が自分のしたい表現を、思いっきり楽しんでくれるのが一番だ。

私は平手友梨奈という存在が、たまらなく、大っ好きだ。


（23年1月6日）

# 推しは〈生きる意味〉を教えてくれる。

## 「推し」を「推し」だと認識できるようになった

前に、私のデビュー作の出版記念イベントに来てくれた友人、Aさんとのエピソードを書いた。

Aさんは、「あなたは出会った時も書き手になった今も変わってないよ」と言ってくれた。

「あの時から、野心が見えてた。かっこよかったよ」と。

この話には続きがある。

Aさんは言った。

「でも、推しについて語ってるのだけは、唯一前と変わったことかも」と。

また、もうひとりの知人にも同じことを言われた。

「出会った時は、推しについてなんてまったく何も話さなかったよね。今はすごい話すようになったけど」

そう、私はたしかに少し前まで、「推し」がいる人に距離を感じていた側だった。そんなに好きになれる対象がいていいなぁ。でも、自分には縁遠い。ずっとそう思ってきた。

でも、昨年から、「推し」について記事を書くようになった。イベントで推しについて話すと、参加者から「めちゃくちゃ幸せそうでした」と感想がくるぐらい、熱く語るようにもなった。

私が推しについてビビられるくらい熱く語るまでになったのは、2年前から始めたひとり暮らしがきっかけだ。

それまでは、格安シェアハウスを転々としていたのだが、散々書いてきたとおり、かなり過酷な生活だった。

何度も体調を崩したし、入院もした。その日その日を生き抜くことで精一杯だった。もちろん、そのころも好きなアーティストや芸人さんはいたし、ギリギリの生活の中で心の支えになった曲との思い出はもちろん宝物。

でも、身の危険を感じるような綱渡りの生活では、ゆっくり鑑賞する精神的余裕や余白がなかった。

生活が変わって、落ち着いて動画を見ることができるようになり、深く考えられるようになったのだと思う。「好き」の輪郭が現れ、くっきりした感じ。

ぼんやり好きだなあ、と思っていた人たちが、「推しだ！」と気づいた。

「推し」を「推し」だと認識できるようになったのだ。

あくまで私の経験上の話ではあるが、「推し」について考えるにも、ある程度生活の基盤が必要なのだ、と振り返って強く感じる。

## 「推し語り」の連鎖

〝推し活〟という言葉が一般的になり、テレビや雑誌でもよく取り上げられるようになった。

そこでは、どうしても推しに惜しみなく課金する人がクローズアップされがちだ。

推しのためにと思うと働くモチベーションが高まる、というのはすごくいいことだと思う。

一方で、推し活＝お金をかけまくるものというイメージが強いのも事実。

実際、ライブに当選するのにも倍率をあげるためにファンクラブに入ったり、交通費や宿泊費がかかったりと、とにかくお金はかかると聞く。だから、推し活にお金は無用！なんて綺麗事を言うつもりはないけれど、「かけるお金＝推しへの思い」ではない、とは思っている。

十分なお金があるならいいが、そうでない場合、生活が成り立たなくなるほどお金をつぎ込むのが健全だと思えないし、私が推される側だったら、無理のない範囲で推し活してほしいと思うだろう。

例えば推しの動画や関連記事をたくさん見たり、感想やファンレターを送ったり。そういうことだって、立派な推し活だと私は思う。

そして、書き手である私の究極の推し活は、推しについての記事を書くこと。推しについて記事を書くと、本当にその推しのファンの方々からびっくりするくらい優しく、温かい感想が来る。推しの人柄はファンに伝染するのだと実感する。

推しの魅力や推しへの感謝を書くことで、またそれを読んだ人が推しについての感想を書いてくれて、やっぱりそうだよね！　最高だよね！　と共感し合い、それが広がっていく。それを見るのが本当に幸せなのだ。

「推し語り」の連鎖、尊すぎる。推しについて書けるなんて書き手としてこんな幸せなことはない。

そして推しについて書くたびに気づく。

推しの素晴らしさを伝えようとすると、自分でも自分の中にはあったとは思えない言葉が引き出されたりする。

推し語りによって書き手の語彙力は成長するのだ。

この尊さを最大限に伝えるためには、あらゆる言葉を探し、持てる力を全て尽くさなければ！　そんな思いになるからだ。

## 〝死ねない理由〟ができてしまった

推しに出会って変わったこと、推しに救われたことをあげればきりがないが、究極的なことをいうと、私は推しに「生きる意味」を教えてもらった。

今まではというと、大げさではなく、本当に生きている意味がずっと分からなかった。

なんならずっと死んでしまいたかった。

でも死ぬ勇気はないから、なんとか不可抗力で死に至れないものかと思い、事あるごとに死に方を妄想してみたりしていた。

でも、推しを推せるようになった今、推しのこれからを見られないなんて無理！　もっと推しを見ていたい！　と思うようになった。

そう、〝死ねない理由〟ができてしまった。

推しを生で見るまでは！　この目に焼き付けるまでは！　何としても生きねばならん！

まるで別人やないか、と自分でも思う。すげぇな推しパワー。

つい数日前も、推しである羽生結弦選手の東京ドームでのアイスショーの抽選結果が届き、前回のプロローグに続き全落ちした。

でも絶対諦めないぞ！　同じ時代を生きているこの奇跡を無駄にはできない！　という思いが、また私に生きる力を与えてくれている。

さらに、ちゃんみなも、私に生きる喜びを教えてくれた。

表現ってこういうことだ。ちゃんみなのパフォーマンスを見るたびに、自分の心を覆うベールが剝がされていって、真髄が露わになる。心のど真ん中に響いて、共鳴する。

そして思ったことがある。

「いつかやりたい、は機会を自分で作らないとやってこない」

「生まれ変わったらこうしたいといって願望を押し込めてきたけれど、来世なんてないのだから、いまやりたいことをやろう」

「人目を気にしてる時間がもったいない。人目を気にしていたら人生終わるから、自分の尺度での表現を追求しよう」

瞬間瞬間を全力で、さらにこれでもかと「自分」を表現しているちゃんみなを見ていると、そんな思いがふつふつとわいてくるのだ。

もちろんまだまだ全開とは行かないけれど、以前より表現することが楽しくなった。

人目を気にし過ぎて控えめにしていた時は感じられなかった、「あぁ！　生きてる」という感覚を得られるようになった。大げさではなく、ちゃんみなという推しに出会って、私は生きるのが楽しくなった。

推しの魅力をもっと書き手として伝えよう。推しのライブに行けるようお金を貯めよう。そんな思いが、今私が生きる原動力になっている。

生活の安定は人にあらゆる面で変化をもたらす。推しを推せるようになった、それによって生きる意味を見出せた。私におこった変化のひとつだ。

人は衣食住だけで生きていけるのではない。

生きがいや充足感、それがあって本当の意味で生きていけるのだと思う（もちろん、生きがいを感じるうえで誰にとっても推しが必須、とは思わない）。

それについてはまたの機会にまたじっくり書きたいと思う。

（23年1月20日）

# ちゃんみなライブ初体験、豊かさについて悟る。

## プチ自分改革を決意

人生で初めてライブというものに行った。

大学生の時、周囲の友達はよくライブに行っていて、チケットを獲れるかどうかに気を揉んでいた。

中でもよくお昼を一緒に食べていた友達は、大好きなアーティストのチケットの当落の発表日、落選の結果が届くと朝からお通夜モード。机につっぷしてまともに口も利いてくれない。バイトを頑張るのはファンクラブに入り、少しでも当選確率を上げ、ライブに行きたいから。それくらい好きなアーティストが生活の中心だった。

そんな友達を微笑ましく思いながらも、3000円ほどの出費も生活に大打撃の苦学生だった私にとって、ライブは縁遠く、話は聞きつつも自分には関係ない、と思っていた。

一生に一度は生で演奏を聴いてみたい、そう思うアーティストはいたが、ライブは私にとっては高級品。さらにファンクラブに入るとなると固定費だ。とてもじゃないけど手が届かない。

大人になって、自分は生活の文化的な部分が欠落していると感じるようになった。友人を観察すると、季節のイベントを楽しむことを忘れなかったり、インテリアを工夫したり、人気のお土産をチェックしたり、息をするように、生活が豊かになる工夫をしている。

もちろんそれができるのはある程度生活に余裕があってこそだが、その習慣はすごく興味深かった。

私は何も意識しないと職場と家の往復。クリスマスだろうが誕生日だろうが何もしない。そんな自分を変えたい、と思っても、忙殺され、毎日をこなすので精一杯。

でも、ひとり暮らしを始めて気持ちの変化が生まれ、好きなアーティストや芸人の動画を見る時間が、今まで以上に生活を支えてくれていると感じるようになった。

豊かさとは、最低限の衣食住だけで生まれるものではないのだ、と悟るようになった。

私のような人は、文化的な生活を意識して、半ば「矯正」していく必要がある。それは決して無理矢理、ということではない。何もしなければ無味乾燥になる日常だから、意識的に変化をもたらす努力が必要だと思うのだ。

少しずつ少しずつ、意識や行動を変えていくことで習慣を変化させていくことができる気がする。

そう思い、プチ自分改革を決意。

そんな折、だいっっっ好きという言葉では言い表せない程、夢中になり、魅せられ、救われている、ちゃんみなの単独ライブが開催されるとの報が。

いつか行きたい、なんて待っていてもその時はこない、というか今がその時だ、と意を決して応募。

ステージに近い席は外れたが、指定席のチケットをゲットした。

しかし、日が近づくにつれ楽しみな気持ちより不安が膨らんだ。

ライブ慣れしたベテランの友人に話を聞くと、「トイレは会場で行くのは諦めて最寄り駅で済ませること！」「席はあってもみんな立っているから座ってるとステージが見えない。立ちっぱなしは必至」とアドバイスされた。

ライブ中にトイレに行きたくなったらどうしよう。

2時間立ちっぱなしってしんどくないかな。

ファンだけのしきたりとかあったらどうしよう。

ひとりで行くということもあり、いろんな不安が頭を駆け巡る。

外出すると気温の変化ですぐに偏頭痛になるので、体調面の不安もつきまとう。

でも、せっかく、やっと推しのパフォーマンスを生で見られるというのに、不安に押しつぶされる時間がもったいない!!

毎日、家にいる時はひっきりなしに曲を流し、聴きまくってきた。もはや、生活の一部だ。

ちゃんみなのユーチューブ公式チャンネルにアップされた過去のライブの動画を初めて見た時、度胆を抜かれた。

MVとは違うアレンジ、作り込まれたセット、キレッキレのダンサー。まるで夢を見ているような唯一無二の世界観。

これが生で展開されたら。そう思うと、いてもたってもいられない。

## 気がついたら泣いていた

当日、緊張しているせいか早く目が覚めた。

それから夕方までそわそわしっぱなしだった。

最寄り駅の女子トイレは行列で20分待った。しかし会場はそんなものではなかった。人があふれ、入り口は長蛇の列。人が多いと聞いてはいたが、想像の3倍は多かった。こんなにたくさんの人を見たことがない。

双子コーデをしたり、ライブグッズのTシャツを着た人がたくさん。熱気がすごい。

会場に入るとその広さに驚いた。3階席だったので、ステージは遥か遠く。

開演が近づくと、みんながペンライトを光らせる。その景色は壮観だ。

そして音楽が鳴り響き、フードを被ったちゃんみなが登場。

その姿がモニターに映ると、会場のボルテージが一気に上がる。どよめきと歓声で凄まじい盛り上がりだ。

コロナ禍で声出しもずっと禁止でやっと解禁されたため、こうやって直接アーティストに声を届けられる喜びもひとしおなのだろう。単なる喜びとは違い、この時を待ち侘びた切実な思いや、会いたかった！　という強い思いが、渦のように立ち込めていた。

ちゃんみなが登場した時の衝撃は忘れられない。

体の奥底から震えたち、ゾクゾクして、やっと会えたという感動で、もうすでに泣きそうだった。

ちゃんみなを生で初めて見て、歌声を聴いて、気がついたら泣いていた。

理由なんてなくて、とにかく感動したのだ。

スターって本当にいるんだ。スターってこんなにも人の心を奪うんだ。

全身の細胞が沸き立って、瞳孔が開きっぱなしだった。

え、あのちゃんみな？　ほんとうにあのちゃんみな？

毎日毎日何度も見て、聴いていたちゃんみながいる。

どの曲も家で聴きまくっていたものばかり。イントロが流れるたび会場は大盛り上がり。

ちゃんみなはMVと生歌唱で歌い方を大きく変えるのだが、アレンジがどれもあまりによくて、何度も聴いた曲もまた違って聞こえる。すり減るほど（動画なのですり減りはしないが）聴いた曲が流れた時は、幸せすぎて溶けてしまいそうだった。

ペンライトを買えなかったのだが、ほとんどの人は持っていて、曲に合わせて振るので、持っていないと手持ち無沙汰だった。失敗した！　次は絶対に持っていこう。

ファンしか知らない特有の掛け合いとかあったらどうしようと思ったが、初めての人も結構多く（ちゃんみなが「初めて来てくれた人〜」と聞くと多くの人が手を挙げていた）、アウェイ感は感じずに済んだ。

## 表現はどこまでも自由だ

ライブで驚いたのは重低音が体中に響き渡ること。スマホやテレビ、映画館でも絶対に味わえない細胞が揺れる感じ。体中で感じるとはこのことだ。

曲が変わるごとにあまりに興奮して感動して、思わず声が漏れた。

ちゃんみなの唯一無二のラップ、激しい曲が続き、声を張り上げた時のとんでもない歌唱力に圧倒される。バッキバッキでゴリッゴリのパフォーマンスに、かっこよすぎて美しすぎて脳の奥まで痺れ、目の前で起こっていることが現実だとはとても信じられない。
歌い方、表情、仕草、見せ方全てがあまりに完璧で、その一つひとつに心を奪われる。
なんでこんなにかっこいいんだ！　意味が分からない。よすぎる、よすぎるぅううう
ううう！
今まで何をしたって満たされなかった部分が満たされていくようだ。
そんな超絶かっこいいイケちらかしたパフォーマンスを見せたかと思えば、トークでは
ファンへの愛が溢れ、率直な思いを語るちゃんみなは優しくてほんわかしていて、そのギ
ャップにまたやられる。
呼びかけでも終始ファンへの感謝や愛を口にし、まっすぐに語りかけていた。
ちゃんみなの存在と歌は、いつも私に「表現はどこまでも自由だ」、と教えてくれる。
ちゃんみなのスタイルは既存のどんなものにも当てはまらないが、そのすべてが強烈に
魅力的で、見るたび見るたび、新しい世界を教えてくれる。
私の目には、ちゃんみながどこまでも自分にとって心地いいもの、自分がいいと思うも
のを求め続け、極めているように見える。
そんなちゃんみなを見ると、人目なんて気にする時間がもったいない、そう思えてくる。
「自分」を持つこと、「自分」を極めること、それにここまでまっすぐな人がいるだろう
か。

無自覚のうちに、私たちは他人の目を評価軸にして、自分を抑圧しているのだと思う。ちゃんみなという存在はそんな抑圧に気づかせてくれ、本当にそれでいいの？　と問いかけてくれるのだ。

ちゃんみなと出会って、自分のしたい表現をすることを知って、私は生きるのが前より楽しくなった。

ちゃんみなは私の今までの概念をぶっ壊して、眠っていた自分の本心に気づかせてくれた。

ライブで一番観客がどよめいたのが、ルッキズムをテーマにした楽曲『美人』でのパフォーマンスだった。曲の途中でちゃんみながメイクを全て落とし、すっぴんになったのだ。

このパフォーマンスはユーチューブでも公開され、大きな反響を呼んでいる。

ちゃんみなは目を囲う太いアイラインなど、とても濃いメイクが特徴だった。

ちゃんみなのメイクは武装、そしてパフォーマンスを作り上げるもののひとつだったように思う。

薄いメイクですら見たことがなかったので、ライブですっぴんになるのは衝撃的だった。

そしてそのあとのちゃんみなのメッセージに、観衆は息を飲んで聞き入っていた。

「私が今回のショーでやりたかったのはこれです。みんな飾らなくてもダイヤのようにきれいだと伝えたくて、この方法を取りました。ここからは、あなたがなりたいものになってください。何にも囚われず、失敗を恐れずに突き進んでください」

## 会いたい人には会ったほうがいい

ルッキズムについての作品は増えている。

その中で、こうやって、行動で示すということは、なかなかできることではないと思う。言葉だけじゃない、生きざまを通して曲の意味を伝える。そんな覚悟が伝わってきた。

このパフォーマンスを見て、私も何かから解放されたような気がした。

思った以上に私たちはルッキズムにがんじがらめになって、こうじゃなくちゃいけない、今の自分は愛される資格がない、という強迫観念に囚われているのかもしれない。

ありのままでいい、なんて言うのは簡単だけれど、本当に目の前でメイクを落とし、そのまま何曲も歌い上げたちゃんみなは、たしかにメイクをしていた時と同じくらいかそれ以上に輝いていた。

ライブという未知の世界に初めて踏み込んで、知らなかった世界をまたひとつ知れた。

ライブだけの演出は血が沸き立つほどに興奮するし、アーティストを心から愛する人たちの一体感や生の反応は想像の何倍も熱く、アーティストが語る内容は胸に刺さるし、それらをリアルタイムで見れることはあまりに贅沢だった。

案ずるよりなんちゃらというように、心配するより、とにかく飛び込んでみるのが大事らしい。会いたい人には絶対に会ったほうがいい、そう実感した。
でもまだ見れていない推しが何人もいる。絶対見に行くぞ……と決意を新たにした。一度だけは行ってみたい。そう思っていたけれど、今回は3階席で遠かったのでやっぱりいつか近くでこの目に焼き付けたい。これからのちゃんみなを見続けることが楽しみでしかたなくなった。

（23年3月31日）

# ついに羽生結弦くんを見た！

## 羽生くんって、実在したんだ

「厳正なる抽選を行った結果、残念ながら今回はチケットをご用意することができませんでした」

落選、落選、落選、落選……。

羽生くんがプロに転向して、これから生で見られる機会が増える！　と思ったが、蓋を開けてみれば単独アイスショーは落選につぐ落選。仕事先の人に会うたび、「ツイッター（現X）みましたよ。また落ちてましたね　笑」と憐れまれる始末。

単独以外のアイスショーもなかなか予定が合わなかったりして、もう生で羽生くんを見れないんじゃないか？　という気さえしていた。しかし先日、『Yuzuru Hanyu ICE STORY 2nd“RE_PRAY”TOUR』に2回目の応募をすると、なんと、

「厳正なる抽選を行った結果、お客様はご当選されました」

うぉぉぉぉぉぉぉぉぉぉぉぉぉお。つ、ついにこの時がやってきた。羽生くんを生で見られる！　メールを何度も確認し、ショーの前日にやっとスマホにチケットが表示されても、まだ、これは夢なんじゃないか？　という気がしていた。今日眠れるかな？　明日会場までたどり着けるかな？　途中で事故らないかな？　生きて帰れるかな？　前日はソワソワして不安で仕方がなかった。

そしてついにその日がやってきた。

会場のさいたまスーパーアリーナは人、人、人。ロビーには熱気が立ち込めていた。そしていざ、会場の中に入ると、ライトに照らされた満員の客席のなんと壮観なことか。しかし、席からアイスリンクを見てびっくり。私の席は注釈付きのスタンドA席で、アイスリンクからは一番遠いのだ。

アイスリンクまで、何百メートル？　いや下手したらキロ？　最前列のほうの人を見て、あまりの小ささにびっくり。注釈付きの席だからメインモニターは見えず、サイドの小さなモニターがあるのみ。最近ガクンと視力が落ちたこともあり、よく見えない。そしてみんな双眼鏡を持っている。

しまった！　持っていない。羽生くんはちゃんと見えるだろうか？　今日楽しめるだろうか？　と、不安になる。しかし、ショーが始まった瞬間、その不安は一気に吹き飛んだ。

羽生くんって、実在したんだ。

それがまず初めの感想だった。動画では何度も何度も何度も見たけれど、羽生くんは人間を超越したような存在だ。きっと天界から下りてきた人だと思っているし、一部では〝妖精〟とも言われている。ひょっとしたら、いままで見てきたのは幻？　そんな気さえしてくる。でも、たしかにそこに羽生くんはいた。

冒頭から、とにかく泣きっぱなしだった。最初は滲む程度だったが、だんだん漫画のようにポロポロ涙がこぼれた。なぜだか自分でも分からない。初めての生の羽生くんを見ると、ぶわっと涙が溢れるのだ。

「鼻血用に」と持ってきたティッシュは、涙と鼻水でぐしゃぐしゃになり、気合いを入れたメイクもあっという間に落ちた。やっぱりあまりに遠くて表情はまったく分からない。でも全身を使った動きの美しさが、今まで何度も見てきた羽生くんそのものだった。

## もしこの世の果てがあるとしたら、きっとこんな光景なんだろう

前回の単独アイスショー『“GIFT” at Tokyo Dome』の抽選で全落ちして、映画館でのライブビューイングに参加した時は、「映画館だからトイレ並ばないし」「人込み歩かなくていいし」「表情まで大画面でしっかり見れるし」なんて、会場に行けなかった現実を受け入れるために強がってみた。

でも今回会場に行ってみて、観客の生の熱気、照明、音響に圧倒された。会場には、目

に見えないエネルギーの粒子が飛んでいて、それを体中で感じることができる。そして何より羽生くんと同じ空間にいる尊さを味わえて、やっぱり会場は別格……と思ったのだった。

もしこの世の果てがあるとしたら、きっとこんな光景なんだろう。

ステージを見ながらそう思った。音楽に合わせ、幻想的な光がリンクにちりばめられ、渦を巻き、波立ち、踊る。それに合わせ羽生くんもリンクを泳ぐように滑る。光に吸い込まれるように、光と共に舞うように。まるで宇宙や星空に浮かんでいるような。あまりに美しい光景に、何度も息を飲む。

そして曲が変われば、まとう空気がガラッと変わる。ステップの仕方がまるで別人なのだ。2曲目の椎名林檎の『鶏と蛇と豚』では、冒頭お経が流れ、意表を突かれる。羽生くんのプログラムはいつも想像を超えてくる。脳の髄が痺れるようなかっこよさにゾクッとして、圧倒される。感動のピークを迎えても、また次々と驚きと感動が塗り替えられていく。

羽生くんが動くたび、呼吸するたび、空間に命が吹き込まれるようだ。あまりに幻想的で神秘的な光景に、なんだか夢を見ているような気持ちになる。リンクの上、そこだけ異世界が広がっている。羽生くんが創り出す世界を見ていると、自分と世界の境界線がなくなって、自分が溶けていく感覚になる。

あまりに引き込まれて、拍手することも忘れて、ただじっと見入ってしまう。人生の美しい記憶をかき集めたものよりも、きっと今目の前のこの景色が美しい。

## 「生きていこう」そう思った

人類ができる動きのレパートリーを全て出し尽くしたんじゃないか？　と思うくらい、ものすごいスピードで、時に優美に、しなやかに、軽やかにダイナミックに動き回る。

羽生くんは音楽をこれでもかと言うほど、緻密に細密に表現する。曲が終わるたび舞台裏に戻っていくのだが、去り際までため息が出るほど完璧に美しい。羽生くんが人間としてたしかに存在することは分かったけれど、それでもやっぱり羽生くんは超人的だった。

そして、あっという間にショーは終わり、アンコールに。アンコールの1曲目、『Ｌｅｔ　Ｍｅ　Ｅｎｔｅｒｔａｉｎ　Ｙｏｕ』で涙腺が崩壊した。一番明るくて元気でエネルギッシュな曲なのに、心から楽しそうにくしゃくしゃの笑顔で踊る羽生くんの晴れやかな表情（表情は本当は見えないけど、雰囲気で分かる）を見ると、なんだか泣けて泣けて仕方がない。

アンコールの観客の熱気は凄まじく、叫び、手を突き上げ、全力で手を振り、スタンディングオベーションで羽生くんを称えた。さっきまでゾーンに入ってめちゃくちゃカッコいい演技をしていた羽生くんが、マイクを持ち語りだすといつものふにゃっとしたあどけない羽生くんになり、そのギャップがまた尊い。

死ぬまでに一度だけでいいから見たい……なんて言っていたけれど、前言撤回。次も、その次も、いやもう死ぬまでにできる限りたくさん見たい！　だって、羽生くんが創り出す表現をこれから先もずっと見ていたいから。

ショーが終わっても、しばらく涙が溢れた。帰りながらあの光景を思い出すと、目の奥がじんわり温かくなり、また涙がこぼれる。ひとしきり泣いたあと、心がすっと軽くなる。

最近の私はと言うと、心に膜が張ったように、何をしても心が動かない。何も感じない。今は人生の空白期間だ、とさえ思う。そんな私が羽生くんの表現に触れ、生きる力をもらった。なぜだか分からないけれど、「生きていこう」そう思った。

思えば羽生くんには救われっぱなしだ。心が沈む夜に動画を見るたび、どれだけ励まされただろう。この世にこんな美しいものがあるのなら、生きるということも、捨てたものではないのかもしれない。そう思わせてくれたのが、羽生くんの演技だった。

限りある命の全てを懸けて表現する羽生くんの姿を見ると、心が揺さぶられる。勝手な想像だけれど、羽生くん自身がいろんな感情、孤独や心が無になる瞬間、途方もない不安や虚無感、そういったものを感じてきた人だから、見る人の心の膜を突き破って、心の奥深くに届く表現ができるのかもしれない。

「エンタメは＋αで、人生に必須ではない」「なくても生きていけるけど、あったほうがいいのがエンタメ」なんていう言葉も聞くけれど、私にとってエンタメは「人生になくてはならないもの」だと再認識した。

（23年11月10日）

# IV

# 未来へ

# 貧困者に世間が向ける目は厳しい。

## 「ほしい物リスト」に乞食と言われて

「貧困から福祉に頼らず抜け出し自立してほしい、なお自己実現は認めない」

これが、私が貧困について発信するようになって感じる、世間の貧困層への本音である。世間は、福祉制度に頼る人に異様に厳しい。生活保護受給者や、年金暮らしの人への風当たりの強さがその象徴ではないだろうか。

日本には寄付文化が根付いていないせいか、人からモノやお金をもらう行為にとんでもなく厳しい気がしている。

「Ａｍａｚｏｎ」ほしい物リストという機能があって、ほしい商品のリストを公開すると他の人がプレゼントできる。私が初めてのひとり暮らしを始める際、一から家具家電を集めるのは大変だろうからと、知人がほしい物リストの作成を提案してくれた。そこで作ったリストから送ってもらったものが新生活でとても役立った。しかし、「ほしい物リストを作成する」行為自体が揶揄されることがあり、SNSでもほしい物リストを作る人がバッシングの対象になっている。「他人からもらわずに自分で買え」という意見は理解できる部分もあるが、「乞食」「物乞い」などと言われたこともある。

強制されるわけでもなく、あくまでその人に贈りたい人がプレゼントするという仕組みにどうしても腹が立つという人はいるらしい。人からモノをもらったり、支援を受けることを、「卑しい」と捉える人は一定数いるのだ。

## 低所得者を目の敵にする人たち

先日、ある投稿が話題になった。低収入の子育て家庭が、一等地にある公営住宅に住み、様々な支援制度を利用した結果、海外旅行に行く経済的余裕を得られた、というケースを取り上げたテレビ番組の切り抜きだった。

この家庭は世間から猛バッシングを受けた。「働く人が損する社会だ」そんな声が吹き荒れた。その様子に私は強い違和感を抱いた。

もちろん、この家族を批判している人の意見には、「家賃相場が一般からかけ離れた地域に公営住宅が必要なのか」「もっと支援するべきところがあるんじゃないか」など、もっともなものもある。ぶっちゃけ、私も海外旅行に行くというのはさすがに贅沢の部類なので、テレビで言わなくてもよかったんじゃないか、とは思う。

一方で、子どもを持つ低所得者世帯が公的制度を利用して困窮することなく生活できているということ自体は、社会にとって悪い話ではないだろう。海外旅行に行く余裕まで必要かどうかは別として、家賃が公的支援によって抑えられ、生活に余裕があるというのはいいことであるはずだ。全ての人が、そのような制度を使って余裕のある生活ができたら、それこそ理想の社会ではないだろうか。

貧困から抜け出すために様々な支援や福祉制度があっても、それを使う低所得者は許せない、という風潮がある。あくまで自力で稼いで抜け出せ、というのだ。何も制度を利用する低所得者のせいで他の人の生活が苦しくなっているわけではない。「低所得者が支援を受けることが許せない」「低所得者が苦しい生活を送ることで、相対的に自分たちが報われる」という思考はとても危ういと感じる。

「下を下げることで相対的に自分を上げたがる人」というのは少なくない。生活保護を例にとってもそうだ。生活保護費が働いている人の給料より高いという逆転現象が起きることがある。この場合、なぜか、普通に働いても生活保護費より少ない給料しかもらえないことを批判するのではなく、生活保護費が高すぎる、という批判が起きる。

生活保護費が上がろうが下がろうが、ワーキングプアの生活の苦しさには関係がないし、誰にだって生活保護を受給する可能性はあるのだから、その時にあまりに低い生活保護費だったら自分だって困るだろう。なぜ下を下げることに躍起になるのか、理解に苦しむ。

低所得者への給付金が検討されるたび、これまた「働く人が損をする社会」という声があがる。でも、本当に「働く人が損をする社会」なら、「働かずに制度をフルに使って生きるのが得」なはずで、そんな生き方を選ぶ人がたくさん出てくるはずだ。でもそうはなっていない。実際は、給付金をもらったって焼け石に水。手取りは中間層より圧倒的に低く、生活水準だって非常に厳しいというのが低所得者の置かれている現状だ。

低所得者にセーフティーネットが用意されている社会は、生活が傾いた時に保障が機能しているのだから、誰にとってもいい社会であるはずだ。低所得者への支援を目の敵にして、そこを削り取ったところで、一生懸命働いても生活が苦しい中間層の苦しみが解消されるわけではない。むしろ自分たちのセーフティーネットを危うくしているのだ。

## 夢を追う人に世間は厳しい

世間は夢を追う人にやたら厳しい。たとえ貧困層でなくても、夢を追う過程で不安定な生活を送る人は叩かれる傾向がある。人々の心の奥底に眠っている、「本当は夢を追いたかった」という埃をかぶった願望を刺激するからだろうか。

すでに成功し、安定した生活を送っている人に対しては、「貧しかったのに、乗り越えて夢を叶えてすごい」という賛辞が送られる。例えば苦しい境遇からモデルや俳優、経営者になった人に対しては、みんな手放しで〝素晴らしい〟と言うし、その人がニュースになるたび、まるで親戚かのように、誇らしげに「この人にはこんな過去があった、それなのに腐らずに夢を追ってすごい」と言うのだ。でも、成功したなんていうのはただの結果論に過ぎなくて、その人が成功していなかったら、「貧しいのに夢なんて追うからそうなるんだ」「安定した会社員になっていればよかったのに」と非難の的になっていたに違いない。

夢を追って成功を収めるまでにはタイムラグがある。どんなスターだって、日の目を見るまでの、日の当たらない下積み時代を経験する。当然、日の目を見ることなく、様々な事情で諦める人もいる。結果なんて最後まで誰にも分からない。でもひとつ言えるのは、そもそも夢を追わなければ、日の目を見ることなどないということだ。それなのに、世間はまだ夢を成しえていない、夢を追う人を嫌う。嫌味を言うだけでは事足りず、精神がへし折れるほど叩かないと気が済まない人だっている。

## 誰にでも仕事で自己実現する権利はある

私の職業はライターだ。ライターという職業へのイメージは人それぞれだが、どうやら、「安定を捨ててやりたいことをやっている（夢を追っている）人」というイメージが強いらしい（そういう側面もあるとは思うので全否定はしない）。

貧困問題について発信するようになって、最初のころよく言われたのは、「貧困家庭出身なのにライターかよ」という言葉だ。貧困について様々な内容を書いた記事へのヤフーコメントで、〝いいね！〟をいちばん多く集めていたのは、記事の内容について言及したコメントではなく、「大卒なのにフリーライターかよ。自分で貧困を選んでいるとしか思えない」という主旨のコメントだった。

もちろん、時に私は貧困家庭育ちの苦しさを発信しているのだから、そんな私に対して「貧困を抜け出すために、いったん安定した職業に就くのも手」というのは、ひとつの意見として正しい部分もあると思う。しかし実際には、「自己実現を全て捨て、安定だけを考えて仕事選びをする以外は許さない」というニュアンスのコメントが多いのだ。

私は、どんな生い立ちであろうと、経済状況であろうと、仕事によって自己実現をする権利は誰にでもあると思っている。働くというのは、所得を得て経済的に自立するというのが最も大きな要素である一方、社会と繋がり、精神的充足感を得るという要素も非常に大きいと思うのだ。もちろんあまりに無謀な挑戦をするような場合、それによって周囲に直接的な被害があるなら、関係がある人には本人を諌める権利があるのかもしれない。しかし、有限な人生の中で、労働は1日の3分の1以上を占めるのだから、やりたいと心から思える仕事に就きたいと願うことは、そもそもそんなに贅沢なのだろうかと思う。それは人間としての自然な感情だと思うのだ。

貧困家庭出身者が私立大学に行っただけでバッシングされるのを見たことがある。貧困家庭なら授業料が安い国公立にしろ、その頭がないなら高卒で働け、というのだ。

一般家庭の人にあらゆる選択肢が開かれている中で、貧困家庭出身者だけが、独学かつストレートで国公立大学を出て、新卒で一般企業に就職し、40代までに奨学金を完済、というルートから少しでも外れたら批判される。そんな社会で、本当にいいのか？　と思う。

## 推奨されるのは「身の丈を知って我慢する」こと

他にも、頼れる実家も家族もいない児童養護施設の子たちは、夢より経済的自立を優先することを求められる。原則として18歳で施設から出なければならず、高卒で就職することが推奨されることもあって、大学進学率は全体の平均に比べて著しく低い。この現実を、「そういう運命のもとに育ったのだから仕方がない」、と捉える人もいるだろう。でも私は、自分では選べないところで進路や職業選択に制約が生まれることは、不条理極まりないことだと思う。貧困家庭出身者は、あらゆる運命を引き受けて、夢や願望を押し込めて、少しの回り道も許されないのか？　と思うのだ。生い立ちゆえに「選べない」ことの理不尽さに、社会があまりにも鈍感になり過ぎている気がしてならない。「身の丈を知って我慢する」ことばかりが是とされる社会はやはりおかしい。

身の程をわきまえることが要求される社会の行きつく先は、実家が太い者が成功を収め、逆転ストーリーは生まれず、生い立ちである程度人生の幅も底も知れてしまう、今のような社会だ。

貧困層は自分が好きだと思えるものに挑戦する機会そのものが少ないのはもちろん、そもそも自分が何が好きなのか？　それを知る機会さえないように思う。そしてそんな状況からでも、夢を見つけて行動する人は揶揄され、時に引きずりおろされる。

自助努力のみで貧困を抜け出し、誰にも頼らず、夢を追わず、安定的で自立した生活を送ることだけ考えるべき。そんな社会のメッセージを、私はまだ上手く呑み込めずにいる。

# たくさんの取材を受けて感じた〈リアル〉

## 求められているのは番組を成立させるピース

2022年9月に初めて本を出して、ありがたいことに取材していただく機会が増えた。テレビ番組にコメントを提供することもある。初めに断っておくと、このこと自体はとてもありがたい。ただ、取材を受けるようになって、葛藤が芽生えるようになった。SNSで発信できる内容ではないので、ここに、私が感じた「たくさん取材を受けて感じたリアル」を書き残しておくことにする。

ラジオやテレビの仕事をするようになって、想像の何倍も、短い「尺」の中で求められる要素を網羅した発言をする必要があることを知った。取材を受ける前に既に番組の方向性は決まっていて、私の役目は、番組で描きたい絵のパズルのピースとしての機能を果たすことだ。大事なのは「分かりやすさ」。言葉を重ねてやっと伝わる重層的なことを語るなんてはなから求められていなくて、コンパクトに端的に、制作側の意図に沿ったことだけを言うことが求められる。

すごく極端なことを言うと、取材とは名ばかりで、誘導尋問のような質疑応答を終えたら台本が出来上がっており、それをそのまま読むという感じだった。これ、私である必要ないよな……と仕事が終わるたびに力が抜ける。必要なのは〝当事者の言葉〟ではなく、番組を成立させてくれる〝演者のセリフ〟なのだから、当然だ。

台本がなく、取材された内容の一部が放送される場合は、40分しゃべって使われるのは15～30秒という世界。強いワードを言い切ったシーンが切り取られるから、40分フルで話を聞いた印象とはまるで別物になる。案の定「こんなに困ってました」「聞いて！ 私、こんな苦しい思いしてきたんです！」というような、かなり痛い印象を受けるような出来になる。それがユーチューブのショート動画なんかで公開されて（事前に説明はなく、公開されてからその事実を知る）、心ないコメントが付いて、胸をかきむしるような思いがする。

話しているのはたしかに私。話している内容もたしかに私が言ったこと。それなのに、もうひとりの自分が分離してひとり歩きしていく。自分の意図するところと世間が持つ印象の乖離が急激に進む。まるで、別人が私の顔と名前を借りてひとりでに動き出し、風評被害を広めていくような。そんなどうしようもない居心地の悪さがあった（もちろん、全ての仕事がそうだったわけではないということを申し添えておく）。

## 悲劇のヒロインに仕立て上げられて

基本的に、取材してくださる記者・編集者さん・ライターはみなさんプロなので、話の引き出し方も上手いし、意図を汲み取って、誇張することなく、なおかつ論点や訴えたいポイントが立つようにまとめてくれる。ただ、中には「可哀想エピソード」ばかりをやたらと聞き出そうとしてくる人もいる。質問の内容から、悲惨さ、センセーショナルさを極限まで引き立たせたいという意図が透けて見えるのだ。案の定上がってくる原稿やタイトルは、私が伝えたかったものとはまるで別物で、「私、こんなに苦しい思いをしてきたの」「こんな悲惨な過去があります」という声が聞こえてきそうな、悲劇のヒロインチックな文章となる。

あまりに酷い、過激なタイトルを付けられた時は、なるべく角が立たないように交渉して、変えてもらったこともある。ただ、あくまで相手の原稿なので、1から10まで直すというわけにもいかない。事前校正でここだけはどうしても、という表現だけは削ってもらっても、残った文章にはやはり「悲惨アピール」の残り香が漂っている。

たくさん記事を書いて、日々寄せられるコメントに目を通す中で感じるのは、人はほんの少しでも〝可哀想でしょ臭〟がすると、一瞬で心をシャットアウトするものだということだ。だから、〝可哀想感〟を極力排する、これが私の中の重要なモットーでもある。

それに実際私は自分のことを可哀想とはまったく思っていない。ただ、私というn＝1のサンプルから見える、社会の構造や問題を知ってほしくて、取材を受けている。

事前の内容チェックがあるならまだいいほうで、公開されたあとで内容を知ることもある。

取材する、されるを経験したことがある人なら想像できると思うが、たとえ直接聞いた話でも、人間は自分のフィルターを通して内容を受け取り、勝手に脳内で補正するようになっている。伝言ゲームでは情報が正確に伝わらないように、直接話を聞いてまとめても、齟齬《そご》や事実誤認が生じるのは不可避、必然的なことなのだ。それなのに事前チェックなしに公開されるとどうなるか。プロフィールの誤りといった、初歩的なミスすら起きる。一度拡散されたものは二度と回収できず、この世に残り続ける。取材を受けるたび、悩みや葛藤は深まっていくばかりだった。

## センセーショナリズムに抗う

私は取材を受ける立場であるが、取材をする側でもある。だから取材する側の都合も知っているつもりだ。ネットに日々膨大な数が配信されるインタビュー記事は、まずは見出しだけで判断される。内容をじっくり読んでもらう前に、パッケージ（誰についての記事なのか、タイトルなど）のインパクトがものを言う部分がある。だから、いまある材料から要素を抽出し、オーバーに、演出したり、盛ったりして書く必要があるのも理解できなくはない。

目立たせるためには様々なやりかた、技術があると思うが、悲惨さを煽るというのは常套手段だと言っていい。手っ取り早く人の興味を惹きつけられるからだ。ヤフーニュースなどのアクセスランキングを見れば、時事ネタや芸能人もの以外は、センセーショナルな、グロテスクなものがランクインすることが多い。人はどうしたって、センセーショナルでグロいものに惹かれるのだ。

実際、センセーショナルな煽り方をされた記事はよく読まれ、公開と共に紹介された本も売れる。センセーショナルな方向の記事は、数字の正義だけで言うと間違いではない。「たくさんの人に読んで知ってもらう」「本が売れる」という取材対象者の利益にも資する部分がある。

その一方、取材対象者の精神は置き去りになる。本が売れればすべてよしとはとても言い切れない。矛盾や葛藤、大きな禍根を残すことになる。だから書き手としては、センセーショナルに頼らない、しっかりとした誠実な文章を書くように最大限努めるし、努力する。しかし、悔しいことに、派手さはないが中身がしっかりした記事は、数字が付いてこないこともあるのが現実だ。この問題にはずっと頭を悩ませていて、今も答えが見つかっていない。

それでも、メディアがセンセーショナリズムに頼り、人の体験や話をPV稼ぎの使い捨ての道具にするような風潮が、私は大嫌いだ。取材対象者は尊厳ある生身の人間で、取材したあとも、記事や番組になったあとも、その人の生活は続いていく。話のうまみだけを吸いつくし、消費するようなやりかたには、断固抗議したい。

# 私が取材にド派手な服で武装する理由。

## 好きな服を着て人生を生きなおす

私は取材を受ける時、ありったけ派手な格好をしていく。元々ド派手が好きな性分だから、と言えばそこまでなのだが、それ以外にも理由がある。

私が受けるのは社会問題についてのインタビューか著者インタビューであって、別に芸能人取材やファッションについての取材ではないのだから、派手さやファッショナブルさなどはきっと求められていない。なんなら〝TPO〟を考えれば、地味というか質素な格好のほうが無難なのかもしれない（報道番組のフリップコメントを提供した際、ド派手な格好のプロフィール写真を提出したけれど没になった）。

でも、私は敢えて、派手を通り越してド派手な格好をする（単純に時間や予算の問題で、そこまでド派手にできないことも結構あるけれど）。

我慢ばかりの人生だった。幼いころから、本当はキラキラしたものが好きだった。子どものころ、友達が着ている服に憧れた。ピアノ発表会用の、普段着よりドレッシーな衣装、車で2時間かかる県庁所在地にあるジャスコの子ども服売り場にしかない立体的な装飾の服。中高生の時は、キラキラしている以前に、色褪せたりほつれていない、オーダーメイドの制服に憧れた。はたちの時、成人式のあでやかな振袖を着る同級生で埋め尽くされた会場で、私は黒一色のリクルートスーツだった。

「新品で身の丈にあった可愛い服」は私には縁遠かった。だからファッションは自己表現のツールなんていう段階に至るわけもなくて、服はとにかく最低限の機能さえ果たしてくれれば、それで十分だった。

大人になってもしばらくは、ユニクロで2000円の服を買うのも怖かった。実際に好きな服を買うお金がなかった。でも、少し余裕が出てきた今、着たい服を着て、したい格好をしたい。そう強く思うようになった。そこから、元々好きだったド派手な服やファッションアイテムを身に付けるようになった。

諦めたことはいくつもある。でも、できなかったことを、今からやったらいい。しこりとなっている「本当はやりたかった」心残りの塊を、少しずつ溶かすことはできるはずだ。私は今、人生を生きなおしている。派手な格好をするのも、人生を生きなおす、という意味がある。

## ファッションやメイクを貫く孤高のマインド

私のファッションアイコンはちゃんみなと東京ゲゲゲイだ（ぜひインスタを見て欲しい）。流行り、どう見られるか、浮かないか？　そんなことを気にする思考が入り込まないほど、自分〝全開〟な、独創的で派手でパンチが効いていて、攻撃的で最強に可愛いヘア、メイク、ファッション。そしてその出で立ちを最高に輝かせる極上の挑発的な表情。それを見ているだけで、なんだかせいせいする。彼女、彼らはきっと、誰にどう見られるかなんて微塵も気にしない。「自分がどうありたいか」が自分を創り上げる基準の全てなのだ。

彼女、彼らはアーティストだ。ビジュアルだって大事な表現ツール。ド派手な格好はライブ映えするし、着飾ることが仕事みたいなところもある。でも、私は一般人。だからあのレベルで作りこんだら（そもそも予算的に無理だけど）さすがに、一般人なのに痛い、みたいに引かれる気もする。でも、私が惚れたのは彼女、彼らの見た目だけじゃない。そのファッションやメイクを貫く孤高のマインドなのだ。その「マインド」を持つのにアーティストも一般人も関係ないはずだ。

ファッションやメイクは武装だと思う。別に何かと戦うわけではない。戦う相手がいるとすれば、自分自身だ。自分らしく生きたい、でも周りの目が気になってストッパーがかかる。そんな時、ファッションやメイクは迷いを断ち切るための鎧になるのだ。ちゃんみなや東京ゲゲゲイのように、純度100％の自分で行くのだ。どう見られるかじゃない、どうありたいか、に耳を澄ませる。

## 『勝手に光らしてもらってます』

また、私のマインドアイコンは、ギャルだ。ギャルは「自分が自分であること」に潔い。息をするように派手なアイテムを身に着ける彼女たちから学ぶことは多い。とくに、取材したエルフ荒川さん、坂口涼太郎さん（ご本人はギャルと公言していないけれど、マインドはまごうことなきギャル）の金言をお守りにしている。

「私のことは東京タワーだと思ってもらえたら。（中略）勝手に光ってる存在というか。スポットなんで。イルミネーションなんで。私は、自分のこと『存在イルミネーション』って言わせてもらってるんですけど。申し訳ないですけど、輝くことはとめられません、っていう状態かもしれないです。『勝手に光らしてもらってます、すみません。遊びに来て☆』っていう」（「ギャルの精神性に学ぶ！　ギャル芸人・エルフ荒川の『自分を好きでいる方法』【実践編】」／『ミモレ』23年1月18日付）

そう、勝手に光らせてもらってるんです。何を言われようとド派手はやめられないんです。

また、ド派手な私服で有名な坂口さんに、自分全開な派手な格好をするのに二の足を踏んでしまうことを相談した時の回答がコチラ。

「マイナスな反応をしてくる人って、別に今後は関わらなくないですか？　そこで『はい、終わり』っていうか。なんか、どうでもよくないですか。（中略）

自分をバーンッて押し出すことで、『えーかわいい！　なんですかそれ！』とか、『素敵ですね』って言ってくれる、同じものが好きな人が割と集まってくるんです。強く否定されることと、強く引き寄せられて惹かれることって、同時に起きるんですね。やっぱりぼやっとしてると、分かりにくいじゃないですか」（「『我が道を行くのは意外と孤独じゃない』坂口涼太郎が強く否定されても迷わなくなるまで〈坂口涼太郎さんインタビュー第2回〉」／『ミモレ』23年9月13日付）

そうなんです。それで引くような人と別に付き合うことなんてないんです。自分を全開にすると、強い肯定も否定も受けるんです。

そして、取材にド派手な格好で行く理由のひとつは、「貧困や社会問題を語る人は清貧たれ」という圧力に抗うためでもある。やっぱり、質素な格好でいるべき、みたいな風潮や圧はたしかに存在する。そういうステレオタイプな先入観を、少しでも崩したいという気持ちがある。それに、〝貧困家庭出身者〟というのは、私のアイデンティティの一部であっても全てではない。どんな格好で表に立とうと、その人の自由。誰にもとやかく言われる筋合いはないはずだ。柚木麻子さんの、「ＧＵＣＣＩを着て貧困を語りなよ」という言葉もあったけれど、派手な格好をして社会問題を語る人がいても面白いではないか。

## 「あぁ、生きてる」って思う

ネオンカラーやアニマル柄のド派手ファッションで有名な女優の仲里依紗さんは、服を選ぶ基準は「車にひかれないか」（暗い夜道でもはっきり目立つくらい派手かどうかという意味だと思われる）だと言うが、私もそれに近いバイブスで服を選ぶ。

脳や視覚にガツンと来る派手さがいい。変則的なたっぷりとしたフリル、鮮やかな和柄、鮮烈なビビッドカラー、ネオンカラーのレース、布の上で咲き乱れる大花柄、主張の強い柄ソックス、いかつい刺繡が全面に入ったジャケット。街ではちょっと浮くけれど、東京には他人を放っておいてくれる寛容さ（というか無関心さ）があるから気にならない。服の形が気に入らなかったりサイズが合わない時は、ユザワヤで道具を買い、服を自分で切って糸を抜いてリメイクすることもある。

「いかついヘアセット」で検索してやっと見つけた美容師さんは、いつもイメージを伝えると素早く私の髪を編み込み、大きめのカールを自在に作って、魔法をかけるように私が思う理想のド派手ヘアメイクをしてくれる。

メイクはちゃんみなのような、「世界で一番アイラインが太い女」がテーマだ。ちゃんみなにはプロのメイクさんがついているので、私にはあんなに綺麗な切開ラインは引けないけれど、強いマインドをそのまま表すようなアイラインの太さと長さは真似している。一重瞼が映えるように、単色のアイシャドウを大きなブラシで大胆にいれ、大粒のラメを下瞼から大きくはみ出すように載せる。色素を抜いて盛れるカラコン選びには苦労した。カラコンは高いし、可愛いだけじゃなく付け心地も大事だから。芸術的に色素が抜けて盛れる、長時間付けても疲れない、乾かない、ゴロゴロしないカラコンにようやく出会い、私の相棒になった。

アイドルやモデルがよく付けているラインストーンだって、一般人が付けちゃダメなんて法律はない。取材やイベントの時は、どこにどの大きさのものを付けるのか真剣に考える。

自分の好きを追求する時、私の心は自由になる。

取材してくれるライターや編集者さんと初めて会う瞬間、どんな反応をされるか、正直毎回ビクビクする。私はド派手好きだけど、人の目気にしいな小心者でもある。

上下赤い和柄の服で行った時はさすがに新聞社で浮いた。でも、いい。これは私の挑戦なのだから。毎回自分との戦いだ。そのたびに自分を奮い立たせ、迷いを断ち切るように、ド派手メイクとファッションで武装する。

# 内面化したルッキズムは人を殺す。

## 「ありのままを愛そう」なんて思えない

3年前から、20キロ太った。いや、もっとかもしれないけれど、考えたくもない。薬を飲み始めて体質が変わったのだ。さらに、転職で夜型の生活になったことも影響しているようだ。食べる量は変わらないし、元々胃腸が弱いからそもそも脂ものなどは食べられない。それなのに、体がすごく浮腫《むく》むようになって、あっという間に体型が変わっていった。

ずっと痩せ型だった。何をしても太らない。標準体重を見ては、「どうやったらこんな体重になれるんだろう」といつも思っていた。19歳のころはシェアハウスのストレスで食事を受け付けず、危険な水準までガリガリに痩せた。その時は太りたくて仕方がなかった。でも、この3年で見た目は別人になった。

いままで見たことない自分。二十数年見てきた自分とあまりに違う自分を私は受け入れられなかった。自分の輪郭がよく分からなくなった。鏡を見ては「醜い、醜い」と思う。

独り言では常に「痩せたい、痩せたい」と無意識につぶやいている。

ここ数年はルッキズムという言葉が浸透し、ボディポジティブやセルフラブという概念も一般化した。でも、自分の理想とかけ離れた自分を許せるわけがない。「ありのままを愛そう」なんて思えない。

「内面化したルッキズムは人を殺す」と思う。他人にどう見られるか、もそうだが、自分自身が自分を誰よりも罵り、嘲《あざけ》っている。誰よりも自分が自分を許せない。

ずっと痩せ型で、太ることを知らなかった私は、無意識に太っている人を心の中でディスっていたように思う。なんでこんなに太ってるの？　痩せればいいのに。その刃が、今度は自分に向かった。

この本の書籍化が決まった時、編集者さんに「本でしか書けないことを考えてほしい」と言われた。思いついた中のひとつがこの「太ってルッキズムで死にそう」という話だった。こういう話、ネットではしづらい。ヤフコメに耐えられる自信がないし、どうせ画像とか検索されてまたなんか言われるし。

「他人からの評価より、内面化したルッキズムが一番心を殺しますよね」と言った時、編集者さんは言った。

「でも、無人島にひとりでいたら、今みたいに思わないよね？　結局人って他人を通して自己評価をする生き物だから」

ハッとした。たしかにそうだ。自意識と他人の目が独立しているなんてありえない。自分が太った自分を許せないのは、間違いなく世間の目が関係している。

## こんな社会で正気を保つなんて無理

ルッキズムという言葉が一般的になって、プラスサイズモデルがよく登場するようになって、人を見た目でジャッジするのがよくないという前提が共有されるようになって。でも、じゃあルッキズムはなくなったか？　というと、まったくそんなことはない。あくまで表では、建前の部分では、見た目で差別してはいけないということになっただけで、ルッキズムは私たちの生活や感覚に深く根ざしている。

インスタなどの広告では、「標準体重はデブ」「これを食べると太る」「努力して痩せて垢ぬけ」みたいなおびただしい数の言葉が敷き詰められている。デブは人にあらず、デブは怠惰、デブは努力不足、デブは恥ずかしい。そんな空気が充満している。摂食障害になるのはほとんど女性だというが、実際のところ、摂食障害を推奨するような、摂食障害になるところまで追い詰めるような文言があまりに世に溢れている。こんな社会で正気を保つなんて無理なのだ。

メディア、テレビはもちろん、そういう話題に敏感であるべき女性誌でさえも、ルッキズムを強化するような発信をいまだに続けている。商業的に、ルッキズムに乗っかったほうがうまみがあるからだろう。元々メディアの慣例である不安を煽る商法と相性がいいのだ。太る理由は暴飲暴食、自分に甘いから、そんなスティグマを強化する。体型は努力で変えられる、痩せれば愛される。そんな刷り込みをやめようとはしない。

服を選ぶ時、誰かが耳元でささやく。「デブが足を出すな」「むちむちじゃん」「見てらんないわ」「デブがお洒落《しゃれ》なんて滑稽」。好きなはずのお洒落が、私のものじゃなくなっていく。しばらく会っていない友達に会うのも億劫になった。会うことになったら、事前に「めっちゃ太ったからびっくりしないで」とラインを入れる。「全然気にせえへん」と言われて会った友達と遊んだ日、その友達がカフェでデザートを頼まない理由を、「デブるのが嫌やから」と言った時、胸がざわざわとした。

## 生傷をさらに抉られて

友達はみんな精神的に大人だし、何か言って来る人はいない。でも、地元は別。数年ぶりに実家に帰った時、田舎のルッキズムのやばさ（というか人への物言いの遠慮のなさ）にぶん殴られた。全然交流がなかったおばが、今は県外から地元に戻っていて、一応挨拶に行った。すると開口一番こういわれたのだ。

「あら、ヒオカちゃんおめでた？」

えーーーーーーーーーーーーーーーーーーーー

うぇえーーーーーーーーーーーーーー

まじかよ。

「え、結婚してないんで」と苦笑い。すると、隣にいた母がこう言ったのだ。

「この子すごいでしょう、太って」

その言葉に、今できた生傷をさらに抉られる。たとえ本当に妊娠していたとしても、本人から言わないなら聞いちゃダメだろ、とか言いたいことは山々あるけど、それより思ったのは、遠慮がないと本心がどんなものかよく分かる、ということ。実際人ってこう思うんだ。東京の友達は、思っても言わないだけだったんだな。優しさや良識で、本音を包んで私に見えないようにしてくれていただけなんだ。そう思うと、また心が抉られる。さらに父に、「太ったなあ!! 今何キロだ、言うてみい！」と言われたけれど、父はもうそういう人なのでスルー。

私がシェアハウスのストレスで体調を崩して、入院していた時、心配してくれていた知人男性がいた。入院から1年後に会った時、こう言われた。

「ご飯食べれるようになった？ 心配したけど、でも、あれ？ なんか、逆に貫禄出たね(笑) 大丈夫そう」

また、SNSで同年代の女性の活動家の方が、テレビ出演時のスクショと宣材写真を並べられ、「写真詐欺」「デブ」「がっちり」「ぱんぱん」などと、揶揄されているのを見たことがある。容姿をいじる言葉は数百という数だった。その方は私より有名で、メディアの露出も多いので、注目を浴びるのだろう。自分は有名じゃないだけで、私がこの人くらいテレビに出ていたら、同じことになっていただろうと思った。彼女は違う世界線の私だった。若い女性の容姿はただでさえいろいろ言われやすく、格好のおもちゃとなる。これからメディアに出るのがまた怖くなった。

太る理由は人それぞれ。病気や治療、投薬で太る人もいる。その背景を知っても人を叩けるか？　と思うが、たとえ理由がどうであれ、叩いてはいけないだろう。

ルッキズムは比喩ではなく人を殺す。少なくとも心や精神を破壊する力がある。ルッキズムに心を侵食されてから、見える世界が変わった。楽しい、嬉しい、の上限値が低くなった。何をしても、醜い私、がちらつくようになった。誰といても、こんな私でごめん、と思うようになった。

飲んでいる薬をやめよう、と自己判断で数日断薬してみたが、一気に生活が成り立たなくなった。

あぁ、痩せたい、痩せたい、痩せたい。20代が終わる。また取材で撮影があるのに、このままの自分で撮られなくちゃいけない。

ああ、痩せたい。

# ある日、記事がバズって世界が変わった。

## ヘイト、ネトストに、全身がぼこぼこになった

ある日、記事がバズった。ライターになりたくてもがいていた私にとって、それは疑うことなく「いいこと」であるはずだった。

でも違った。

「私が〝普通〟と違った50のこと〜貧困とは、選択肢が持てないということ〜」というnoteの記事が、SNSで拡散され、多くの人の目に触れることになった。ツイッター(現X)の〝バズり〟の威力は凄まじく、一瞬で、追いきれない程の引用RT、コメント、DMが来て、私のSNSはパンク状態になった。このnoteがきっかけで、多くの出会いが生まれたのは間違いない。でも、バズることで起きた変化は、いいものだけとはとても言い切れなかった。むしろ、弊害のほうが大きかった、と言えるかもしれない。

感情が堰《せき》を切ったように、とめどなく溢れるものを文章にしたためたような、濃密な感

想やメッセージは、私に大きな力をくれた。ブログに文章を書くという、誰に届くのかも、何の意味があるのかも分からない行為に、たしかに意味はある、そう知らしめてくれた。

一方で、ある時から、攻撃的なＤＭも来るようになった。「障害者が子どもを産むな、産むからお前みたいなことになるんだろう」。そんな、直接的なヘイト発言も多かった。その言葉一つひとつはとても鋭利で、人の心などたやすく切りつけ、痛めつけることができるものだった。「ネトスト（ネットストーカー）」というのか、私のことをひたすら罵るツイートをして、写真をコラージュするアカウントまで現れ始めた。

執拗なＤＭにも神経を磨り減らした。そのころ、私はまだ「そういうこと」に慣れておらず、耐性がゼロだった。受け流す術を知らず、１００で食らって、全身がぼこぼこになった。そして、気が付いたら、あまり食事を摂れなくなっていた。他人から受ける悪意が、体内で、腹の中で増殖する。体中の精気が吸い取られ、身体がこわばって硬直した。一時、楽しいとか嬉しいとか、そういうことを感じなくなった。

障害者へのヘイト発言は、明らかに私の父へのものだった。自分のことを言われるよりも苦しかったしキツかった。別にそれが私以外に届くわけではない。でも、悪辣で読むに堪えない言葉たちをみて、こんなことを言われるくらいなら初めから何も書かなければよかった、と何度も思った。

誰かの感情を刺激する表現は、いい感情だけでなく、眠っていた負の感情を刺激して、引きずりだすことがある。いい反応だけ得られる、なんてありえない。もちろん発信するジャンルや内容によって、好意的な反応がほとんどというものも存在して、その割合はそれぞれ違うだろうが、やっぱり無傷でバズるなんてありえない。

バズることはいいことではない。圧倒的に厄介で、心身を消耗する。人々のいい感情もマイナスな感情も全てを巻き上げる。突然襲い掛かる厄災のようなものだ。

## 文章を書くって、なんだったっけ

私は書くことを仕事にするようになった。それは私に幸福をもたらしてくれることもあった。一方で、悩みや迷い、虚無感や不安をもたらした。私が生息するのは主にネット媒体だ。別に選んでそうしているわけではない。紙媒体は席の数が明確に決まっていて、そこに入れないだけ。

ネットの記事は、多くの人の目に触れる。バズるとものすごいPVになる。紙にはない拡散力や即時性もある。でも、紙は読みたい動機がある人が、お金を払って読む。きっとそこで得た体験は長続きする。ひょっとしたら心の片隅に残り続ける。

一方、ネットの海に放たれた記事は、ものすごい速さで駆け巡って、次の日には忘れ去られる。放たれては人の心を透過し、こぼれ落ち、使い捨てられて、忘れ去られて。その繰り返し。消費される速度に、自分自身が置いていかれるような感覚になる。どうしようもない徒労感、虚無感を感じることがある。

内容よりも、見出しや取り上げる人物、ニュースのインパクト、ファンや野次馬の市場規模がPVを左右する。心を尽くして吟味し、こだわりぬいていたら採算がとれなくなる原稿料。ある程度の質やキャッチーさ、インパクト、時事性をまんべんなくさらうことは求められる一方で、じっくり考えることが許されない更新速度。「リード、トピック、ソース1、ソース2、締め……体裁を整えて、これで、いいよね?」。今回の記事、自分でもツイートしたくない。これで人に私が書いたものだと思われるの、嫌だな。

あれ、文章を書くって、なんだったっけ。

書く、とは、表現すること、心の自由を求めることだと思っていた。でも、生活していくために必要なのは、検品に引っかからない程度に粗がなくて、目を引くパッケージに入った、ちゃんと数字を出せる「商品」を量産することだった。程よく個性を消して、程よく個性を残して。記事を量産する合間に、自分が本当に書きたいと思えることも書いて、心が死なない程度に、息をすることを忘れないように。そうやって、心がパチンと弾けるまでの時間を稼いでいるような気がする。

## 人を変えることなんてできないけど

バズってたくさんの感想が来た時、私は書くことでこの社会に生きる誰かに、その人が知らなかった景色の一端を伝えることができるのかもしれない、と思った。きっとそれは間違いではない。私も誰かが書いた文章で、それまで知らなかった世界を知り、自分の中の常識を更新できることがある。

でも、書き続けることで、「書くことでできることの限界」も同時によく分かるようになった。人の意見を変えることはできない、そんな当たり前のことを悟るようになった。

そもそも本を買ってくれる人も、講演に来てくれる人も、ある程度社会問題に関心があり、知ろうとする姿勢と素養がある人たちだ。まったく無関心という人たちに届けることはとても難しい。薄い色を少し濃くすることはできても、色自体を変えることはできない。元々社会を変えたい、なんて大層なことは考えていなかったけれど、自分のできることの限界を知って、無力感を覚えることもある。

それでも、この本の原稿を書いている時、たしかに心が自由になる瞬間があった。テーマを立てて、企画にGOサインをもらって書くのではなく、書きたいように書いていいと言われて書く時、心の奥底に沈殿していた思いや、蓋をしていた思考が駆け巡って、かき混ぜられる瞬間を、文章で切り取っていく。鈍った心のリハビリのような作業でもあった。

書くことで、人を変えることなんてできない。でも、たぶんそれで良い。ただ、読んだ人がほんの少しだけ、気持ちが豊かになるような。そんなものが書ける瞬間のために、今はもう少し頑張ってみようと思う。

# 〈死〉を考える。

## 慢性的な希死念慮

芸能人の自殺報道が相次いだ時期があった。それが理由なのかは分からないけれど、自殺に関連する報道の記事の末尾には、「いのちの電話」などの相談先の連絡先が載せられるようになった。それさえ貼ればセンセーショナルな記事を書いてもいい――そんな免罪符のように、コピペされたお決まりの文を見ると、心底嫌気がさす。
また、そういった報道に付随する、オーディエンスの意見も毎度違和感ありありで、辟易とする。

自ら命を断つなんて（いやそんなにびっくりします？）
命を粗末にするなんて（粗末って何？　何でそう言える？）
そんな極端な選択（どこら辺が極端？）

もったいない（生きてるほうが辛かったのかもよ？）
負けちゃだめだよ（何に負けたか言ってみろ、生きてる人が勝ちなのか？）

こういうこと言ってる人たちって、希死念慮とか感じたことないんだろうな。希死念慮って、漠然とした「あー死にてー」みたいなものじゃない。もう「死にたい気持ち」に細胞レベルで侵食されて、脳も感情も乗っ取られて、死ぬこと以外考えられなくなる。「死ぬ」ことがすなわち「生きる目的」になるのだ。それを経験した人なら分かる、自殺なんてなにも特別なことじゃない。極端でもなんでもなければ、何かに「負けた」わけでもない。

でも、今言ったのは急性の希死念慮。個人的な見解だけれど、私は慢性的な希死念慮も存在していると思う。私は死への恐怖や抵抗が極端に薄い。逆に、なぜ生きなければならないのだろう、と常日頃思っている。死にたい！　と発作のように強く思うことはなくなったけれど、鈍痛のような死にたさは常に体内に横たわっている。

死とは何か？　と聞かれたらこう答える。生きるとは、身体を裁断され続けること。それが止まる瞬間が、すなわち死なのだ、と。だから私はある意味、死に焦がれている。

## 自殺をしてはいけない理由

なぜ人は、「自殺してはいけない」と簡単に人に言えるのだろう。いろんな人が言う、「自殺をしてはいけない理由」を一通り聞いたけれど、はっとするものも、しっくりするものも、何ひとつとしてなかった。

逆に思うのだ。その選択が、その人の苦しみを断つ唯一の方法だったとは考えられないだろうか。その人の死を止めたって、その後の人生を生きるのは、その人自身。生きろ、なんて言う人は、自殺を回避した後の人生を代わってくれるわけではない。心に埋め込まれた鉛みたいな苦しみを取り去ってくれるわけでもない。死ぬのをやめたところで、生身の感情、終わりのない苦悩、身の軋《きし》むような苦しみは続いていく。一瞬一瞬の残酷さに、気が狂いそうになる。それなのに、「死ぬな」なんて、なんか無責任じゃない？ってか、他人事が過ぎる。別に相手のことなんて考えてないだろ、死ぬなって言う自分に酔いたいだけだろう。

それに私は、自殺した芸能人たちは、死ぬことで、永遠に、強烈に、多くの人々の心に残ることになったという事実を認めざるを得なかった。もし彼らが生きていたら、ここまで世間から注目され、悔やまれ、多くの人の心に楔《くさび》を打ち込むことはなかったんじゃないだろうか。生きていれば、その人のファン以外のほとんどの人々は、「通り過ぎて」いったんじゃないだろうか。ひとつの命に対して、深刻に向き合うことはなかったんじゃないだろうか。無情だが、永遠にいなくなってしまったからこそ、もっと何かしてあげればよかった、という後悔が生まれるのだ。

そういう意味で、彼らは、〝死ぬ〟ということを通して、最大の自己表現をしたのかもしれない。

唯一かつ最大の方法で、最も多くの人の関心を得る、愛されるということを、〝遂げて〟しまったのではないか。

「命を粗末にするなんて」と嘆くのは定型文だが、見方を変えれば、この世に生を受けた存在として、生を最大限の方法で使った結果だったのではないかとさえ思ってしまう自分がいる。

## ありきたりな定型文で人の命は救えない

車や電車を見るたびに思う。イレギュラーが起きて、轢かれないかな――。

常に私は不可抗力による死を求めている。ビルを見ると思う。何階なら確実に、障害が残ることなく死ねるだろう。ついでに屋上には侵入できるだろうか。どの建物が一番死にやすいかな？　それはまるで、どの野菜が安いかな？　とスーパーの野菜売り場で考えるのと同じくらい、自然で日常的なことだ。

そんなだからか、人より防犯意識が低いところがある。人通りが少ない薄暗い道、1階でのひとり暮らし。それってきっと避けるべきなんだろうけれど、心のどこかで、何かの間違いで殺されないかな、と思ってしまう自分がいる。そして何回も何回も妄想する。自分が殺される瞬間を。パターンのバリエーションはかなり多い。

自分で死ぬなんて、命を粗末にするなんてよくない。そういう人に聞きたい。逆になんで生きることがいいことなの？　どうせ返ってくる言葉のバリエーションなんてたかが知れてるし、聞きたくもないけれど（聞いといてなんだけど）。

こういうことは、たぶんネットではセンシティブ表示がされて、コンプラ的にアウトだろう。自殺を助長するとか、そういう理由で。でも、自殺ってそんなにアンタッチャブルなものなんだろうか。年間何万人もの人が自殺する。それなのに、自殺はダメ、生きろ以外の内容は発信しちゃダメなんておかしくないか。死んじゃダメ、生きることは尊いこと、そんなありきたりな定型文で人の命を救えるとは、私には思えない。

本気で自殺を止めたいのなら、自殺をアンタッチャブルなタブーにするのではなく、もっと真剣に生死について語るべきだと思う。私は急性の希死念慮に悩まされている時、死んじゃダメ（涙）系の発信は心底憎たらしかった。しかし唯一心に来たものがあった。それが、自死遺族の掲示板だった。家族が自殺し、残された家族が、故人を思い綴った切実な文章を読んで、私も家族のことが思い浮かんだ。

私も親友を自殺で亡くしたことがある。かけがえのない人が自ら死を選び、この世からいなくなり、二度と言葉をかけることも、顔を見ることもかなわないという現実。途方もない後悔。激しい喪失感。凄絶な苦悩。それらは想像を絶するものだった。死に直面し、死に人生を歪められた人たちの言葉に触れた時、自殺はよくないのかも、と初めて思えた気がした。

いまだに、なんでこんな社会で生きないといけないいんだって思う。生きるのは苦しい。半端じゃなく苦しい。生きるのはいいことだって思えない。命があることが有り難いなんて思えない。だって頼んでないし、産んでなんて。できることなら生きる苦しみを味わわずに死にたかった。おっと矛盾してるな。つまり、生まれたくなかった。

## 私が乗っ取られていたのって……

ある時、ツイッター(現X)でこんな投稿が目に留まった。よくある、この薬を飲むとこんな超能力が手に入ります、どんな能力が欲しいですか? みたいなやつ。それにはこうあった。

「3億円が手に入る薬と、安楽死できる薬、あなたならどちらを選びますか?」

こういう心理テスト系? たられればのやつ、くっだらない。って、思う。いつもなら。でも、私はその投稿を見た時固まった。時が一瞬止まったの。その時の思考はこう。

3億か。だいたいひとりの人間の生涯賃金は2億円と言われているから、3億あれば老後のお金も心配せず一生を過ごせる。

おい、まてまて、ずっと死にたいゆうてたやん？　安楽死とか究極に欲しかったものやん？

あれ、私、3億あるなら、もう少しこの世界を見てみたい、って思った。あれ、話が違くない？

その時、悟ってしまった。生きていたくない、死にたいんじゃなくて、お金の不安で生きるのが辛かっただけじゃんって。

いやーーーおいおいおい。さんざん死への焦がれとやらをつらつら書いといて、なんかすいません。はい、人生の苦しみなんて、結局金由来でしたーーーーーっ。金の不安がなくなれば大概の悩みや重たい不安は解決しますね。

そうそう、そうなんだよな。一生食うに困らないだけの金を稼ぎ続けられるか。支払いを滞りなく済ませられるか。病気になった時に、治療費を払えるか。そういう不安に常に支配されて、心も頭も重くなって。それでも生きないといけない現実があまりに大きすぎて、飲み込まれて。金の不安フィルターを通して見る世界は、曇ってよどんでいて色がなくて。なんのきらめきもない。

だって、なんとかなるって思えないんだもん。実際なんとかならなかった人生だから。

私は知っている、預金残高が底を尽きそうな時、胃の汁を搾り取られるほどにきゅーっとすることを。生活が立ち行かなくなる恐怖が人格さえコントロールしてくるっていうことを。

怖いんだよ、怖くて怖くて仕方がないんだよ。お金がなくなることが。だから稼ぎ続けなきゃいけない現実に、世界が美しいだとか、生きる喜びみたいな感覚を麻痺させられているんだって。

私が乗っ取られていたのって、希死念慮じゃなくて金の不安だったのか。

# 〈自分は幸せになってはいけない〉の呪いを超えて。

## 私にふさわしいのは険しい人生

自分でもやっかいだな、と思う感情がある。

自分は幸せになれるはずがない。

もっと言うと、自分は幸せになってはいけないという思い込みだ。自分でもよく分からないのだが、無意識、無自覚のうちに、この呪いにかかっている。

幼少期から、常に身の危険を感じ、最悪を想定しないといけないような環境だった。心を麻痺させないと、生きていけないような状況を何度も経験した。明日には自分の生活がどうなるかさえ想像もできなかった。実際、考え得る「最悪」は何度も起きた。

心が引きちぎれるほどに痛くて、安心して眠れる環境ではなくて、生きていけると思える要素がどこを探しても見つからなくて。希望を死にしか見出せなくて。それが、人生。そういうものだ、と思っていた。追い詰められて周りに相談する度に言われる、「なんとかなる」「大丈夫」という言葉が憎かった。周りからはよく「ネガティブ過ぎる」と言われるけれど、楽観的に生きられる人の考えや感覚は、私にはまったく理解ができない。きっとこれからも、ずっと人生は険しくハードモード。それがデフォルトだし、私にふさわしい。ずっと、そう思っている節がある。

パワハラ受けて離職し、転職活動していた時、書類選考で落ちまくり、ようやくかろうじて引っかかったのは、口コミ検索すると〝ヤバいところ〟だと一発で分かるブラック企業ばかりだった。キャリアアドバイザーに「市場価値なし」の烙印を押され、なけなしの自己肯定感は地に落ちた。その結果、私にはいい待遇、健全な人間関係の働き甲斐のある職場は見合わない、自分に許されているのは悪い条件の会社なのだ、という思考に陥っていった。それこそが身の程を知った、唯一の選択肢だ、と思えてくる。

転職活動中に生活していくために始めた派遣でも、面白いくらいに人間関係がギスギスした、どう考えてもまともではない職場を次々に引き当てた。もはや人間扱いされず、顎で使われることに慣れ、心を無にし、感覚を麻痺させて生きながらえる。「自分の人生はこういうものだ」、と自分に言い聞かせ、思い込むようになる。それはきっと環境に順応していくための生存本能のようなものだった。

人生が好転していく？　そんな期待が1ミリたりとも心に入り込む隙は許さない。もちろん本心では、幸せになりたいのかもしれない。でも、それを望むことがこわい。期待しなければ、落ち込まずに済むということを知っている。

## 自分で自分の心にストッパーをかけてしまう

「貧困家庭出身者」として貧困の体験の詳細を発信するようになって、望まずとも、「貧困家庭出身者」というポジションができた。一度付いたラベルを剝がすのは簡単ではない。タグ付け、ラベリングは「キャラ立ち」とも言い替えることができて、活動していくうえではむしろ強みになり得るのかもしれない。でも、「貧困家庭出身者」というラベルは、私の心に制約をもたらすようになった。

貧困家庭出身です、と言って自分のいままでの体験を発信すると何が起きるか。同じ貧困家庭出身、または貧困当事者から、「自分のほうが酷かった」「そんなのはまだ貧困ではない」と言われるようになった。誤解のないように言っておくと、それを言ってくる人は全体のごく一部だ。似たバックグラウンドの人から、「発信してくれてありがとう」と言われることもある。また、私に「自分のほうが辛い」と言ってくる人には、訴えたい心の痛み、それぞれの事情がある。実際、私にいろいろと訴えてきた人の中には、今まさにお腹を満たす食料が十分にない、生活保護でなんとかしのいでいるという人もいた。

「大学に行けた時点でマシ」「あなたは本を出版できて注目されてる。私は辛いだけで見向きもされない」そう言われることもある。正直返す言葉もない。だって、たしかに私は恵まれている。貧困家庭で育ったけれど、同じ日本にも私より悲惨な状況で育って生き抜いている人はごまんといる。私はきっと弱者の中の強者で、今なお苦しい人からすると、「それくらいで大変だったと言うな」と言いたくもなるのだろう。

その中で、私が取材を受けた記事のリンクを貼って、「今は随分元気そう、可哀想アピールするな」と言われたり、「カラコンするお金はあるんだ」とＤＭで言われたりすることもある。そういうことが積み重なって、貧困家庭出身者として貧困について語るなら、たとえ抜け出して生活が好転したとしても「ずっと最低限で質素な格好をしないといけない」という圧力を感じるようになった。

私が元気になればなるほど、私が好きな格好をすればするほど、憎悪を膨らませる人がいる。だから、前の状況に留まり続けることが、人の心を触発しない唯一の方法のように思えたのだ。

周囲は「人の言うことは気にしなくていい」と言ってくれる。それでも、どんどん自分で自分の心にストッパーをかけてしまうのだ。元々派手なものが好きで、やっと服やメイクで自己表現できる自由が得られるようになってきたのに。ＳＮＳに私生活が垣間見えるものを上げたら、また何か言われるんじゃないか。そう思うと、何を投稿するのもこわくなり、ちょっとしたつぶやきをするにも神経を尖らせるようになった。何か考える前に、存在しない敵を作り上げて、ＤＭで来たようなコメントの文言が脳内再生され、それに怯えてしまう。

何を選ぶにも、心、脳内のアンチが言うのだ。

「お前は豊かになってはいけない」

## 可能性があると思えることにこそ意味がある

柚木麻子さんから言われた「GUCCIを着て貧困を語りなよ」という言葉は、私を呪いから解放してくれるような言葉だった。柚木さんは他にも、「東京カレンダーに出てくるようなお店でディナーしよう」「伊勢丹で爆買いしよう」とも言ってくれた。

きっと何をするかは大して重要ではなくて、自分が豊かになる可能性があると思えることにこそ意味がある。自分はずっと苦しい状態に留まり続けるのだという悲観的観測しかなく、自分の居所を自分で決めて押し込めてしまう私が、人の言葉によって、違う未来の可能性を見出す。

「私には豊かになれる可能性がある」

「自分が思うより、マシな未来があるかもしれない」

その可能性を見出せたことは今までになかった発見で、ぱちんと顔をはたかれたような衝撃があった。

ブランド物には興味がないので、GUCCIを身に着ける日が来るかは分からないが、意識的に、仮想のアンチの声を脳内から排して、自分の欲望や本心に耳を傾ける練習は続けている。

柚木さんは、自身のエッセイの中で、幸せを素直に求めること、幸せであることを表明することの意義や大切さに触れている。

「幸せになる努力より、『幸せにみせない努力』を求められるのが、日本社会なのではないか。だから、私は有名人に限らずキラキラした毎日をアップする女性が大好きだ。案の定、叩かれている人も多いが、彼女たちはファイターだ。この社会で『楽しい』『自分が好き』と顔出しで発信することは、どれほど勇気がいることだろう」（『とりあえずお湯わかせ』NHK出版）p194－195

「女性は謙虚で控えめでちょっぴり不幸そうじゃないと痛い目にあうぞ、とあらゆるコンテンツが訴えかけてくる。（中略）この日本で、女性が幸せになろうとすること、幸せであることはもはや社会へのカウンターなのだ」（同前）p197

これを読んで、自分は「謙虚で控えめでちょっぴり不幸そうじゃないと痛い目にあうぞ」という圧にまんまと屈していたことに気づいた。そして、自分の奥底に眠っていた、こうしたい、こうありたいという感情がふつふつと蘇ってきた。自分が充実して幸せな様子を投稿したっていいじゃないか。取材で好きな格好をして、元気そうな姿を見せてもいいじゃないか。少しずつそうやって思えるようになった。

そして、今は少しだけ、こう思える。
私だって、幸せになっていい。きっと、幸せになれる。

# 中川家のこと。

## この世界と接着してくれる存在

「死ねない理由」と言い切れる明確なものは、まだ今の私にはない。でも、ここまで書いてきたように、この人たちがいる世界なら、もう少しだけ見ていたい。そう思わせてくれる存在がいる。私の体とこの世界を接着してくれているのは、他ならぬ中川家である。放っておけば、ふわふわとこの世から離れて行きそうになる私の魂を、表面を接着するだけでなく、強力な磁気で芯から捉え、吸引してくれる。

もう、中川家は私の生活そのものだ。毎週金曜日、ニッポン放送の「中川家ザ・ラジオショー」。これをもう、毎日のように聴いている（ラジコでタイムフリーで聴ける）。

ひとり暮らしはとても寂しい。生活のふとした時の静けさが、孤独を強調する。そんな生活の隙間を、ふたりの語らいが埋めてくれる。1分に1回、いや、30秒に1回笑わされる。「ふふっ」と小さく笑うこともあれば、腹を抱えて笑うこともある。そしてよく笑い過ぎてむせる。外を歩くときもよく聴いているが、人通りがない時間に歩くことが多いので、思わず声を出して笑ってしまいそうになる。そんな時人とすれ違うと、平静を装うが、ニヤけが止まらず、口角が最大の角度で上がったまま歩く。笑えるだけでなく、彼らのフリートークにはいつも学びと発見がある。彼らは無自覚だろうが、示唆に富む内容ばかりで、毎回感想をレポートに書いて記事にしたいくらいだ。

ファン歴は優に20年を超えている。ものごころついた時から好き。もう、だいっっっ好き。私は、幼少期からお笑いを愛している。その影響で大学進学はお笑いの文化が根付いた関西地方を選んだと言っていい。そして、私にとっての「お笑い」のほとんどの面積を中川家が占めている。

好きなネタをあげればキリがないが、中でも「ネギ、200円、一緒やん」（要約）のくだり（中川家好きの方ならお分かりいただけるだろう）は、もう教科書に載せてほしい。まじで天才。革命。若干アレンジされて色んなネタでこのくだりが出てくるが、毎回過呼吸になるくらい笑う。

## 中川家の幼いころの貧乏エピソード

いつものように「中川家ザ・ラジオショー」を聴いていたら、中川家の幼いころの貧乏エピソードが披露された後、「うちの親みたいなひとおるかな?」という話になった。

中川家の貧乏エピソードは本当にぶっ飛んでいる。お母さんが子どもたちにおもちゃなどを買ってあげるよう言っても、お父さんは聞き入れなかったり、塾を途中で辞めさせられ、私立高校や大学受験も諦めさせられたり、制服を買ってもらえなかったり、ビデオデッキがなくて、友達から借りたビデオを見れず親戚の家まで行ったり、電子レンジがなかったから料理を温められなかったり、お風呂がなくて玄関にお湯を溜めて入っていたり……。

中川家のふたりは、そんなうちの親みたいな人や、貧乏生活をしている人がおったら知りたい、でも今はもうおらんやろ、と言っていたけど、ラジオを聴きながら、「20代でもいます、ここに！」と大声で言いたくなった。

中川家のエピソードを聴くと、毎回自分のことのようで、「うんうん、わかる！」とびっくりするくらい共感してしまう。家にお菓子やジュース、おもちゃといった娯楽が一切ない、季節の行事を一切しない……中川家とは生きてきた時代は違うけれど、経験してきたことはあまりにシンクロしている。父親が職を転々とする、父親が母親を殴り、蹴るのが日常、なんてところまで同じ。中川家のお母さんは、お父さんにさんざん殴られ蹴られ、一度は離婚したのに、また家に戻ってきて、80代になっても文句を言いながらも同居しているという。私の母も、いつも父に愛想つかして、もう嫌！　と言いまくりながら結局は一緒にいる。だから、中川家のご両親と自分の両親が重なった。

## 私も父のことを書くことにした

そして、「貧乏」だけではなく、父親がとんでもない変わり者、というのは私と中川家の最大の共通点だ。

中川家のお父さんの変わりっぷりは何度もラジオなどでそのエピソードが披露されており、ファンの間では有名だ。剛さんの著書『クリスマスには焼き魚にローソクを』(幻冬舎)の中でも、そのエピソードがいくつも書かれている。近所の人が飼っている軍鶏《しゃも》と、中川家が飼っていた軍鶏を闘わせた時、目を潰されボロボロになった軍鶏を持ち帰り、傷口にオロナインを塗って再び闘わせようとしたので、剛さんが闘わせるのはもう無理だと言ったら、諦めてその場で軍鶏の首をひねって殺し、鍋にしたというエピソードは強烈だ。

何の装備もせずに山の獣道に連れて行き、現地で食料を調達して野営するサバイバルキャンプを毎年するなど、普通の家庭ではありえないことを次々としたらしい。見知らぬ人にいきなりとんでもないことを言って場を凍らせ、入れ墨をした人にも無遠慮に絡んだりする。次々繰り出す予測不可能で、奇想天外な言動、話の通じなさ。有り得ないエピソードのオンパレードなのに、なぜか驚きより共感が勝ってしまうのは、うちの父が負けず劣らず奇人・変人だからだろう。

中川家のエピソードは「変わってるね、でも面白いね」みたいなライトなエピソードじゃなくて、普通の人が聞いたら本気でドン引きするようなヘビーなエピソード。別につらいことを笑いに変える必要なんてないけれど、あっけらかんと話す中川家を見ていると、なんだかこちらまで心が軽くなっていく。私は中川家と違って、父の変わり者エピソードを笑いに変える元気も胆力もなく、思い出したくなくて、封印していたように思う。生い立ちがヘビー過ぎて、他人の家庭の話に共感することなんてほとんどないし、話して湿っぽくなるのも嫌だし。

中川家は自らの生い立ちを笑いにしている、とは言うものの、剛さんは大学に行けなかったことがいまだに心残りだと言っていたし、ふたりの口調からはもう乾ききった諦めが漂い、本当に心底うんざりしているのも伝わってくる。「いつグレてもおかしくなかったし、下手したら裏街道歩いてたかもしらん」「でも全てお笑いが救ってくれた」と振り返っていた。それでもなんだかんだと言いながら今でも親と電話しているのだという。親を恨み切れない複雑さは私もよく分かる。

話が通じない人が家族にいるという、意味の分からなさ。まともに考えるとこっちがおかしくなるし、人に話せるわけもなく、ただただ考えないように蓋をしていたこの現実だが、ふたりの話を聞いて、私も、父の変わり者エピソードを「婦人公論.jp」の連載で書くことにした。私にとっては、それはとても大きなことだった。そして書いてみて、日の当たらないところでどろどろ、ぐちゅぐちゅとしていた直視できない苦しい部分が、風にあたって少し乾いたような気がした。どんな現実も、共感や自分が人に話すことを通して、気が楽になるのかもしれない。

自分だけなんじゃないか、誰かに話せば引かれるんじゃないか。そんな思いは、どんどん心を追い詰める。でも、中川家が包み隠さず、貧乏エピソード、お父さん変わり者エピソードを話してくれたことで、「自分だけじゃないんだ」と思えた。それでどれだけ救われたことだろう。似た状況を経験しながらも、たくましく笑いに変えて生きる中川家の存在が、自分では消化しきれない私の人生の、唯一の光のように感じられる。

## 偉ぶらない。驕りたかぶらない。

中川家は若くしてトップスターに上り詰めたレジェンドであるが、彼らは権威側には行かないし、肥大化しない。ＭＣに定着するでもなく、お笑い界のヒエラルキーやしがらみといったものに無頓着で、距離を置いているように見える。

確固たる地位を築きながら、どこか隔絶された空間にいるように錯覚するから不思議だ。彼らはよく、吉本についてボヤくし、ネタにしつつ、嫌味なくさらっと批判や提案をする。それも、その独特のポジションにいる彼らだから成せる技なのかもしれない。

「中川家ザ・ラジオショー」には、事務所も世代も超えて、様々な芸人や芸能人がゲストに出る。中川家の聞き手としての才覚は目を見張るものがある。どれだけ年下で後輩だろうが、大先輩の大御所だろうが、その人となりを把握し、うまみを引き立てる。また後輩芸人たちとコントをすることも多い。大先輩でお笑いの神様のような存在の中川家を前にしても、後輩芸人たちが実にのびのびと好き勝手やっているのが毎回印象的だ。聞くところによるとお笑い界は縦社会だそうで、実際、権威側の芸人に対しては、心から憧れていると言いつつ、へつらうような態度を取る後輩芸人たちは多い。だが、中川家を好きな後輩芸人たちは、そんな様子がなく、大好きな親戚のおじさんみたいな距離感で、両者の間を流れる穏やかな空気から心底中川家を慕っているのが伝わってくる。

ザ・ラジオショーのある回で、若い美容師に「イケオジになるため、パーマを当てましょう」と提案され、やってみた体験を話すシーンで、「若い子に全部まかしとけば間違いないんですよ」と言っていた。同時に、若い人から何か提案された時、反射的に「なんでせなあかんの」と言ってしまう自分を振り返り、「そういうところ（があかんの）やな」とも言っていた。こういったことが本当によくあって、自らの振る舞いに自覚的で敏感、後輩や若い人の意見を素直に関心を持って聞ける柔軟さがある。それでいて若い子らは俺らとご飯食べても嬉しくないやろ、みたいなスタンスだから、かえって、そんなこと言わんでよ！　もっと自信持ってよ！　と言いたくなる。

偉ぶらない。驕りたかぶらない。それを地で行くのが中川家だ。いつも、どこか自分たちを引いて見ている節があって、「僕らなんて」みたいによく言うし、いつ呼ばれなくなるかわからないとか、そういったことをよく呟く。でも、決して謙遜しているわけではなく、本気でそう思っているのではないかと感じる。

## 願うのは「中川家の健康と長生き」

そして、経済的にもとても豊かであろうが、彼らの根底にあるのは、やはり極貧の幼少期に身についた感覚だ。正確には、本当にお金がなかったというより、度を越した倹約家の父により、極貧にならざるを得なかったということらしい。その筋金入りの貧乏エピソードは、先に書いたとおり。

そんな極貧の生い立ちで、芸人になってもしばらくはパンチの効いた貧乏生活をした彼らは、いまでも高い値札を見るとドキドキする、いいものは食べられるようになったけど胃は貧乏やねん、といったことをよく口にする。私は、彼らと違っていい生活をできるようになったわけではないけれど、ちょっといいところのご飯を食べた時、味がお洒落過ぎて脳が追いつかず、やっぱりこの世の最上級のご馳走は給食とスーパーの総菜、とか思うので、彼らの言うことはよくわかる。値段が高いものを買っても、それによって得られる喜びや満足感より、お金が逃げて行った喪失感や罪悪感のほうが上回る。貧乏根性みたいなものは、たぶん一生治らないのだと思う。あらゆる贅を尽くせる立場にありながら、地に足のついた感覚の彼らに親近感を抱くし、なんだかその庶民感覚を愛おしく思う。

もう、中川家なしの人生なんて考えられない。今から、ふたりがいなくなった時のことを考えると、恐ろしくて仕方がない。ふたりがいない世界なんて、生きていたって仕方がない。だから、私が寿命を縮めるか、ふたりに長生きしてもらうしかない。でも、「死ねない理由」などと大仰なタイトルを付けたからには、後者を願うしかあるまい。私は初詣というものに行ったことがないが（浅草寺とか神田明神に行ってみたいな）、もし行ったなら、願うのは「本が重版しますように」とか「今年こそ医療費が抑えられますように」とかではなく、「中川家の健康と長生き」だと言い切れる。

あぁ、中川家について書き出したら止まらない。無限に書ける。死ぬまでに中川家大全的な本を出したい。中川家について体系的に書きたい欲がずっとある。インタビューライターをやるようになって、いつも周りに、「いつか中川家をインタビューしたい」と言っている。聞きたいことは山ほどある。それは日々溜まっていく一方で、もしインタビューすることになったら？　と妄想して、頭の中で何度もインタビューしている。あっ、あと生でまだ舞台見てない。これはもう、立派な死ねない理由なのかもしれない。

# あとがき

推しに救われて、生きがいをもらって、生きたいと思える理由をもらって。そこに偽りはない。

でも、推しがいれば生きていける、と言うつもりはない。「生きたい」と思えるためには、心を揺さぶる表現や存在との出会い、文化的な豊かさの前に、経済的安定や、心理的安全性の保たれた人との繫がり、安心して暮らせる場所が必要だということを、嫌というほど知っている。極度の貧困、最低限の衣食住もままならず、体調が安定しないような中で、生きていこうとは思えない。明日への不安、信頼できる人がいない孤独感、それらは、心の安寧や、何かを美しいと思える余裕を根こそぎ奪ってしまう。もちろん、極限状態で触れるエンタメにも、別次元で人の心を救う力はある。でも、人が、生きていていいんだ、生きていこうと思えるためには、やっぱり、まず経済的安定や健康といった土台が必要だ。

でもそれは、衣食住がより大事で、エンタメはあればいいけどなくてもいいなんていうのとも違う。私は、どちらも人が生きるうえで欠かせないもので、同じくらい重要なものだと思っている。いわば、相互作用なのだ。きっと、物理的な安定と、心を生かしてくれる存在、どちらも揃って、初めて、本当の意味で生きていける。

この本のゲラをチェックしながら、連載をまとめた部分もあり、書いたのがかなり前のものもあるため「ちょ、過去の自分いくらなんでも曝《さら》け出し過ぎやろ！」と焦りまくり、赤線でびゃーっと消したくなる衝動に何度も駆られた。具体的にいうと、親とのこととか、体調不良のこととか、病院に通いまくっていることとか。正直私も、人前でくらい、心身健やかで安定してまっす！　みたいな感じでいたかった。人から訳ありと思われるのが怖い。こんな人と現実で関わりたくないよな、と心底不安になる。作家人生を差し出す代わりに、リアルで出会う人の心証を犠牲にしている気がする。

でも、思えば、自分を曝け出す人、え、そこまで言っちゃっていいの？　というくらい自己開示する人の言葉に、私自身今まで幾度となく救われてきた。中川家を筆頭に、他にも、好きな書き手さんは、精神の不安定さだったり、かなりセンシティブな踏み込んだところを書いている人が多い。書き手って曝け出すのが仕事みたいなところもある。一枚膜を張って予防線を張ったような文章だったら、伝わるものも伝わらなくなってしまう。

中川家のところで書いたように、「自分だけじゃないんだ」と思えることで、生きていく力が生まれることがある。もし、私が赤裸々に綴ったことで、読んだ誰かの心が少しでも軽くなったりしたら、そんなに嬉しいことはない。

初出

「婦人公論.jp」「貧しても鈍さない　貧しても利する」掲載日は各項に記載

「Ⅳ未来へ」書き下ろし

装画　金井香凛
装幀　鳴田小夜子

ヒオカ

ライター。1995年生まれ。Noteで公開した「私が〝普通〟と違った50のこと～貧困とは、選択肢が持てないということ～」が話題を呼び、ライターの道へ。社会問題からエンタメまで様々なテーマで取材・執筆し、「婦人公論.jp」「ミモレ」「ダイヤモンド・オンライン」「ビジネスインサイダージャパン」「現代ビジネス」など、各種ＷＥＢ媒体で活躍中。テレビ・ラジオへの出演にも活動の幅を広げる。著書に『死にそうだけど生きてます』がある。

死《し》ねない理由《りゆう》

2024年３月25日　初版発行

著　者　ヒ　オ　カ

発行者　安 部 順 一

発行所　中央公論新社

〒100-8152　東京都千代田区大手町1-7-1
電話　販売　03-5299-1730　編集　03-5299-1740
URL https://www.chuko.co.jp/

ＤＴＰ　ハンズ・ミケ
印　刷　図書印刷
製　本　大口製本印刷


Published by CHUOKORON-SHINSHA, INC.
Printed in Japan　ISBN978-4-12-005768-7 C0095

中央公論新社の好評既刊

# 獅子座、A型、丙午。

鈴木保奈美

修正したい過去もこっぱずかしい記憶も、もう逆立ちしたってどうにもならない——日常のちょっとした疑問、わき起こる驚き、怒り、負けじ魂。ささやかな事件や出来事が、保奈美サンの心の中で宇宙的な大問題に広がっていく！　ユーモアたっぷり、毒も少々。本音・本気で綴るエッセー集。『婦人公論』好評連載、待望の書籍化。

〈単行本〉

# 老人初心者の覚悟

阿川佐和子

『婦人公論』好評連載の書籍化第二弾。六五歳、「高齢者」の仲間入りをしたアガワが、ときに強気に、ときに弱気に、身の回り、体調、容姿、心境の変化を綴る。多彩な抽斗と表現で、自らの過去と現在を赤裸々に書き尽くした、極上のエッセー集。老人若葉マークの踏んだり蹴ったりを、どうか存分に笑ってくださいませ！

（中公文庫）

# 母

青木さやか

母が嫌いだった。わたしの脳内は母の固定観念で支配され、わたしはわたしが嫌いだった。逃げるように東京へ飛び出し、タバコとパチンコに溺れた日々、愛想もお金も無いわたしを雇ってくれた水商売&雀荘、ひと時の夢を見せてくれたオトコ、「笑い」で幸せを運んでくれた先輩たち、そして、自分より大事な存在となった娘……。生きることの意味を追い求めるヒューマンストーリー。

（単行本）